きのう。きょう。

白石 美津乃

鳥影社

きのう。きょう。

目次

きのう。きょう。

柊

三年ぶりに「ＡＬＬ　ＡＬＯＮＥ」に寄ってみたわ。

ケンジさん、覚えている？　私たちが初めてこの店を見付けた時のこと。どう頑張ったって、将来住めそうもない高級住宅街を散歩しながら、あの家の窓がいい、あの壁の色はおかしい、とか二人で勝手なことを言い合っていたわね。その途中、私がトイレに行きたくなって、どこか喫茶店はないかとあわてて探したでしょ。

「この家、喫茶店じゃないか」って、ケンジさんがドアを開けようとして、私、「違うわよ、アトリエよ」って言ったわ。だって看板もなくて、ドアの足元に「ＡＬＬ　ＡＬＯＮＥ」って彫ってある石が置いてあるだけだったから。

「ごめんください」ってケンジさんが大きな声を出したら、毛糸の帽子をかぶってメガネをかけた山男風の人が、カウンターからのっそり顔を出したので、私つい笑ってしまった。

「ここは喫茶店ですか」

「ハァー」

「あの、トイレ借りたいんですけど」

マスターらしいその男の人は右の方を見た。

お店にいるのは私たちだけだったから話し声が響き渡るみたいで、二人ともあまりしゃべらなかったわね。

「あら、ほら、ケンジさんの好きな柊《ひいらぎ》がたくさんあるわ」

私は立ち上がって、窓から見える庭を指差した。

柊が庭を取り囲むように植えられていた。


ケンジさんがいなくなって、もう二年以上も経ったなんて不思議な気がする。私、この間、どうやって生きていたのか、ふっとわからなくなる時がある。でも、やっぱり私は生きている。今日「ＡＬＬ　ＡＬＯＮＥ」に行って、マスターと話をしたことは確かなのだもの。

あの日、二十三歳になったばかりの私は北海道ヤングツアーの添乗員として、礼文《れぶん》島に泊まっていた。お客様と一緒に山歩き八時間コースを歩いて、疲れ切って部屋で休んでいたの。

午後九時過ぎ、部屋の電話が鳴った。私はお客様からだと思い、受話器を取り上げた。その電話で、あなたの死を知らされた。

あなたは社会人になってからも、大学の馬術部へ時々出掛けては後輩たちの指導をしていたわね。その日、可愛がっていた「朝日」に乗って、障害を跳び越そうとして馬から落ち、あっ気なく亡くなってしまった。


ケンジさんと私、珍しく言い争いをしたことがあったわ。

二人で映画の帰りに「ＡＬＬ　ＡＬＯＮＥ」へ寄ったわね。見たのは踊り子と兵士が最後には心中するという物語だった。

あなたは、男と女の完成された愛の形は心中だ、と主張した。私はそんなことを言うあなたに腹を立てた。どんな形にしろ生きていくことが一番大切。もし一緒に生きていかれなくても、この地球上のどこかに愛する人が生きているということだけでもいいじゃない。私はそう言い張った。

「人間ってそんなに強いものじゃないよ。離れ離れになれば、自然に愛は消えていくよ」

「それで愛が消えていくなんて、それは……本当に愛していないからよ」

「じゃトモちゃん。本当に人を愛するって、どういうことだい？」

と聞かれて、私、困ってしまったわ。そんなこと、私にだってよくわからないもの。でも私はきっぱりと断言した。

「ずっと変わらない気持ちで、お互いに死ぬまで愛し合うことよ」

「死んだらおしまいか」

ケンジさんはこう言って、何がおかしいのか急に笑い出したわ。

「そうか、トモちゃんはそう思うのか。そうか……」

そしてあなたは私の頭の上に手を置いた。三歳しか違わないのに、何だか私のお父さんのような気がした。大きな手で頭をなでられて、恥ずかしかった。深く考えずに、勢いだけの言葉を口に出してしまった私を、ケンジさんはわかっていたのでしょ。


あの世があるのかないのか、私にはわからない。でも、ケンジさんがこの世から消えてしまったことは事実。だから、私もいつかこの世から消えると思うと、うれしくなるわ。だってケンジさんと同じになれるのだもの。

でも、もしかしてあの世があって、ケンジさんとまた会えるかもしれないわね。あなたに会ったら、私が一人になって、どれだけどん底に落ちて悲しくて苦しかったか、それからどんなふうに年を取りながら生きていったか話してあげるわ。

だから、私、あなたのあとを追ったりしない。私は愛のために死なない。生きていくの。そして死ぬまであなたのことを思い続けるわ。


「お久しぶりですね。今日はお一人ですか」

私はマスターの顔をにらみつけるようにして言った。

「彼は今、ニューヨークへ出張中なんです」

「それは寂しいですね」

黙ってうなずいた。

窓から、柊の白い花が、風に揺れているのが見えた。

茜雲

――いつ頃からだろうか、自分の好き嫌いをそれほど言わなくなったのは――。

クミコはコップを洗う手を止めて考え始めた。今朝も夫が言った。

「君は何にでもどちらでもいいと言うけど。いいかい、一家の主婦たる者、ちゃんと自分なりの意見を持ってもらわんと困るよ」

今住んでいる社宅を出て一軒家かマンションにするか、昨日の夜も夫はしきりにその話をした。勿論、クミコもわかっていた。どちらを選ぶかは資金のこともあるし、小学校に上がる娘の教育にも関係してくることだった。一生懸命考えなくては、と思うのだが、その内にどちらでもいいと思ってしまう。その言葉を口に出すと、夫は嫌な顔をしてこう言ったのである。

社宅の三階、台所の窓から家々の屋根の向こうに茜雲《あかねぐも》が見えた。

――あの時見たのは、こんな色じゃなかった。もっと深みのある茜色だった――。

高校三年生の体育祭の日、クミコのクラスは学年で総合一位となり、仲間たちは興奮して騒いでいた。教室で喜び合っている内に、誰からともなく、校庭でファイヤーストームの真似事をしようということになった。

夕暮れが近付いていていた。四十人の仲間たちは、校庭に出て肩を組んで円く輪を作った。輪の中に赤く燃える火はなかったけれど、次から次へと歌い出した。

校舎の裏手の赤土の小高い丘に、茜色の夕焼け雲が広がり始めた。

クミコはそっと輪を抜けた。

丘の頂上まで登り、草の上に腰を下ろした。茜色が赤みを増してきた。空いっぱいに広がるその色は、人の体の奥深く流れている血の色のようだとクミコは思った。

同じクラスのヒロシが登って来た。彼はすぐにクミコを見付けてしまった。

「なあんだ、君もここにいたのか」

「今日の夕焼け、すごいよな」

言おうとした言葉を先にヒロシが声にしたので、クミコは少しがっかりした。

「私もそう思ったからここに来たの」

ヒロシはクミコの隣に座った。

「もう今日でおしまいね、楽しいことは。後は受験だけだわ」

「決めた？　どこ受けるか」

「ええ、なるべく受験科目の少ないところにする。ヒロシくんは?」

「僕は……多分浪人さ」

「そんなことないわ。ヒロシくんだったら大丈夫。どこ受けてもOKよ」

クラスの中で、特に親しくもないヒロシと、素直に会話のできることがクミコには不思議だった。

「ねえヒロシくん、どうして夕焼けは茜色なの?」

「知らない。大学受かったら調べるよ」

ヒロシは眼鏡を外して寝転んだ。クミコも真似をして横になった。二人は黙ったまま茜雲を見詰めた。時折、校庭から仲間たちの歓声が風に運ばれてきた。

「僕たちが生きているこの世界で、一番大きいものって何だかわかるかい?」

「大きいもの?」

「うん、大きくて、深くて……」

「わかった。宇宙だわ。ね、そうでしょう」

「残念でした。違うんだよな」

「宇宙って無限でしょ。それより大きいものってあるのかしら」

「それは……、人の心さ」

「心?」

「そうだよ、心だよ。心は、宇宙より、もっともっと大きいんだ」

クミコはびっくりして起き上がった。あだ名がガリ勉のヒロシがこんなことを考えているなんて。

「ふーん」思わず感心した声が出た。クミコはヒロシの顔を見下ろした。

茜雲が少しずつ群青色の空に消えながら溶けていく。


——何事に対しても気負いがなくなったのは子どもを産んでからかもしれない——。

あの陣痛の苦しさ、息もつけぬ程の痛みに、気を失った方がどんなに楽かと思った。もうこれ以上我慢できない、と大きな声を上げようとした時、クミコの目に茜雲が広がった。自分の体が茜雲に包まれて温められ、誰かの大きな腕に抱き抱えられているような安心した気持ちになった。一瞬痛みが遠のいた。ふっと力を抜いた途端、クミコは赤ん坊の泣き声を聞いた。

子どもを産んだことはクミコに、人間は生き物だということを改めて実感させた。生命ある動物、何にもまして生命が重要で、それ以外のことはどちらでもいいことだと考えてしまうことが多くなった。生命の流れに自分も加わった。それだけで十分ではないか。


「お母さん、お母さんたら」

娘にエプロンを引っ張られて、クミコは我に返った。

「もう、さっきから何度も呼んでいたのに」

「ごめんね、お母さんちょっとぼんやりしてたの」

「ぼんやりって?」

「いいこと考えていたの」

「なあに、教えて」

「ヒミツ」

「ずるーい、教えて、教えて」

娘の力に、クミコの体はぐらぐらっと大きく揺れた。

カテドラルの女《ひと》

失語症の人は、脳の神経が冒されて言葉が思うように出てこないという。私の場合は、きっと心の神経がマヒしてしまっているのだろう。言葉が口から出る前に何か重りのようなものに引っ張られて沈む。この言葉があと十センチ食道を昇っていけば、そして、私がほんの少しエネルギーを使えば、生きた言葉として外に出られたのに……。

仕事上の事務的な話はできるのに、「――についてあなたはどう思う?」と尋ねられるとすぐに言葉が出てこない。自分の心を言葉では説明できない、どんな言葉を使っても本当に言いたいこととは違う、と思ってしまう。そのうちに話すことが怖くなってくる。

心に浮かんだ思いを言葉に出さずに貯めておくと、それはいつか粉々に砕けてかけらとなる。その残骸はいつまでも消えず、肉体にも溶けず、心に積み残されていく。

どこの国でもよかった、言葉を話さないで日々を過ごすことができるのなら、わずか一週間でも。

生まれて初めて訪れた国。今まで耳にしたことのない言語を話す人々。私が一言もしゃべらなくても誰も不思議に思わない。

「幸せに生きるために僕たちは生きている。昔、僕を快楽主義者と言った友人がいた。僕のはそんな主義みたいなものじゃない。僕のしていることは単なる一つの方法さ、どうしたらいつも幸せでいられるかって。どちらか選ばなければならない時、考えるのはそのことだけ。だから、時として二つのことを同時にできないことを残念に思うよ。一つのことをやりながら、もう一つの可能性を想像してしまうんだ。そして、ああ、僕は時を少しずつ失っていくと……」

二日間私はホテルにこもりっきりだった。窓から通りを行き交う人々を眺めた。

「今こうして生きているのに死について考えるなんて。何故死ぬことを考える？　死は終わり、無になること、ただそれだけのことさ。だから、それまで僕たちは幸せな時を過ごすように、自分自身をコントロールすることが必要なんだ、そのために何かを選んでいく。それが生きることなんだよ」

三日目の朝、部屋の窓から外を見ると、いつもより人が多く歩いていた。カフェテラスの椅子が増やされている。今日は日曜日だと気がついた。後二日間しか私には残っていない。

「幸せでいて欲しい。僕がいつも願っているのはそのことなんだよ。たとえ、離れていても」

そう、今なら私は幸せになれるかもしれない。いつか一人になることを怖れなくてもいいのだから。私はきっと、次の幸せを選ぶ自由を持っているに違いない、選びさえすれば……。

ホテルの外に出て自分の部屋の窓を見上げてみた。あの五階の窓から、私は一日中通りを眺めていたのだ。幾つもの窓の中の一つに、私の姿は亡霊のように映っていただろう。

プラタナスの並木に挟まれた遊歩道の両側に、花屋が、古本屋が、鳥籠をぶら下げた店が並んでいる。私はその真ん中を歩いて行く。どちらの側にも片寄ることなく真っ直ぐ前を見て進む。

突然車が警笛を鳴らし、男の人が窓から顔を出し大声で何か言った。でも、私は何も答えることができない。怒っているらしい男の赤い顔を眺める。突っ立ったままでいる私にあきらめたのか車が立ち去った。

斜め前方に鐘塔が見えた。今度はあの塔に近付くように歩こうと決める。石造りの家の間の狭い道から広々とした広場に出た。中世の街並みがそのまま残っているこの街。目指した塔はカテドラルだった。八角形の塔に釣り下がっている鐘が音を出さずに揺れている。私の心の中で静かに鐘が鳴り始めた。

観光客や教師に引率された子どもたちの間をぬって、私はカテドラルに向かう階段を上がって行く。


一人の女が教会の入り口近くに座って、スケッチをしていた。ウエーブのかかった肩までのブロンズの髪、白いブラウス、ジーンズをはいた女は、膝の上の画用紙に何か描いている。手を休みなく動かしているにもかかわらず、目は画用紙には一度も向けられない。その瞳は瞬きもせず、はるか遠くを見ている。そのアンバランスな様子に魅かれて私は近付いた。

目の前に私が立っているのに、女の視線は私の体を突き抜けてしまっていた。私はゆらゆらと漂う陽炎だった。女は相変わらず手を動かしている。画用紙には何本もの曲線や直線が入り乱れて描かれていた。

私は微かに女の声を聞いた。それは人の言葉ではなく、まるで体の奥深くから湧き出てくる泡をぶつぶつと口から吐き出している音のようだった。

ブラウスのボタンが外れていて真っ白な肌がのぞいている。私はその清潔な白さに見惚《みと》れた。

カテドラルの内部は薄暗く、ひんやりとした空気が流れていた。小声で話している人々の声が風になって耳に入ってくる。キリストの生涯がステンドガラスに描かれていた。色ははげ落ち、もう何年も手を入れていないようだった。

カテドラルの中を歩きながらも、私は入り口で見かけた女のことが気になった。あの女の本当の声を聞いてみたいと思った。

何本ものロウソクの炎が揺らいでマリア像を浮かび上がらせていた。人々がロウソクを供えようと列を作っている。たぶんあのマリア像がこの街の守護聖女とされているものに違いない。

「あっ」と私は驚いた。あの女がいた。

上半身をマリア像にもたれさせ、両足を床に投げ出している。少しも動かない。私には、目を大きく見開いたまま死んでしまったように見えた。私は女の側へ行った。

この広いカテドラルの中で、女はたった一人きりでいる。その姿は静かで冷たく凍りついていた。手を伸ばして女の髪に触れることも、ブラウスのボタンを留めて私の腕で優しく抱き締めてあげることも、全てしたかった、そして、できたことなのに。私は何もしなかった。ただ見詰めているだけだった。

言葉が急に私の口から飛び出しそうになった。私は女の体を揺さぶって言いたかった、「生きて、生きるの。空っぽの心は誰にも見せないで」と。


カテドラルの外に出ると日射しは真夏みたいだった、もう十月だというのに。

階段をゆっくり下りて行く。

ジプシーの女がバラの花束を手に、一本一本観光客に売りつけている。

さっとジプシーは私の方に近付いてきた。笑みを浮かべ何かしゃべりながら一本のバラを差し出す。私は首を振った。私の手にバラを握らせようとした。私はもう一度大きく首を振った。それでもひるまずジプシーは私の手を摑んで何か言った。私は「Ｎｏ」と初めて声を出した。もうジプシーは笑っていなかった。強引に私のＴシャツの胸元にバラを押し込もうとした。私は手でバラの花をはたいた。赤いバラが階段に転がった。


「I don’t like!」


私は叫んだ。

その途端ジプシーは私の肩を強く押し、ふいをつかれて私はよろけ、階段に手をついた。

私を見たジプシーの目に憎しみが表れていた。その目は生き生きと力強かった。

急に緊張感が溶けた。
遠ざかって行くジプシーの姿がかすんで、二人、そして三人にもなった。

あずみ野

「ねえ、あずみ野って店の名前、どういう意味？」

「何だ、知らないのか。臼井吉見《うすいよしみ》に『安曇野』っていうタイトルの小説あるんだぞ。ママ、そこからつけたんですよね」

「そうなんですか？」

ヨシエは少し笑って若い二人の前にコーヒーカップを置いた。ヨシエの返事を気にもせず、二人は自分たちだけの会話を始めた。

実家の駐車場に喫茶店を開いたのは、ヨシエが三十歳のときである。

短大を卒業し商社に勤めてはいたものの、ＯＬ生活は結婚するまでと思っていた。二十五、六歳には結婚しているだろうと想像していたのに、実際は一人のままで時が過ぎていった。

一人で出来ることがしたい。自分の貯金で喫茶店を開くことを言い出したとき、母はすぐに賛成した。父と弟は商売の難しさを唱え、なかなか同意しなかったが、ヨシエの気持ちが固いとわかると最後には二人とも応援した。三十歳過ぎて一人でいるヨシエの将来を想像すれば、会社勤めよりはいいかも知れないと考えたのである。

お店の名前をどうするかという話になり、ヨシエは「『あずみ野』にする」と言った。カタカナのもっとしゃれた店の名前はないのか、と反対する父と弟を説得したのは母だった。何故この名前にしたのか。母はヨシエの心を見抜いていた。

大学合唱部同士の合同演奏会がきっかけで、一学年上のアキヒコと付き合い出したのはヨシエが短大二年の五月である。

大学院に残って都市計画について研究を続けていきたいと将来の夢を語るアキヒコの隣で、ヨシエは時折寂しさを感じた。それはアキヒコのように、これが人生でやりたいこと、という具体的なことを持っていないからだとヨシエは思った。

愛する人と一緒に生きて、その人の子どもを産んで、育てて……、それがヨシエの考える人生だった。何だか漠然とはしていたが、このこと以上に大切なことが人生にあるとは思えなかった。

「いつか君も自分の夢を見付けるよ」

と、そんなヨシエにアキヒコは言った。

「違うの、毎日を夢のように幸せに生きたいの。それだけ」

「そんなことできるわけないさ。ばかだなあ。それこそ、夢のまた夢さ」

「子どもができたみたい」と、アキヒコに告げたときの彼の顔を、ヨシエは一生忘れないと思っていたのに、今はもう思い出せない。その一瞬で、アキヒコが生命をかけて愛すべきたった一人の人ではないと思い知った。

「……私ね、いつか女の子が生まれたら、あずみ、って名付けるの。いい名前だと思わない？」

母は、明るく声を出したヨシエの顔を見ずに、病室を出て行った。


あれから三十年が過ぎた。

生まれなかった子供のことを、今でも覚えているのは私だけだろうとヨシエは思う。

あのとき、十九歳のヨシエには燃え上がる若さがあった。未来に対する憧れと期待もあった。

これから先、きっとアキヒコ以上に魂と魂のぶつかり合う人と出会うに違いない。そのときこそ二人で生命の誕生を心から喜び合い、幸せに生きていくのだとヨシエは人生に挑んだ。

未来にかけた思いが夢で終わっていく日々をヨシエは静かに見詰めて生きてきた。一つの生命を断ち切ることは、自分がもっと完全に生きることだった。その意志があったからこそ選んだ行為だった。生きるために選んだことを死ぬまで携えていく。それがヨシエの生き方になった。

夢のような幸せな日々ではないが、こうして穏やかに一人で生きていかれるなんて。人生って何て優しいのだろう。

ヨシエは若いころの「生」に向かう激しい情熱が、川の流れに沿って遥か彼方へ流れ去っていったのを懐かしく思う。アキヒコの顔もおぼろげになっているのに、あの出会いから別れまでの日々は自分の人生の分岐点だった。今のヨシエにははっきりとわかる。

「ママはどうして結婚しなかったんですか？」

「そんなこと聞いたら失礼じゃないか、いい加減にしろよ。ママ、すみませんね。誰だって人生いろいろあるんだぞ」

突然また若い二人が話しかけてきた。二人のやりとりにヨシエは思わず笑い出してしまった。

――いろいろあるって私の人生に？　何もなかった、残念ながら何もなかったんですよ。ただ一つの生命以外は――。

おかしくて笑い過ぎたのか涙が出てきた。二人にわからぬように、ヨシエは人差し指でそっとぬぐった。

セ・ラ・ヴィ

アンナから贈られた人形がガラスの飾りケースの中で踊っている。

赤いスカーフを被り、髪を三つ編みにした人形が着ているのは、アンナが生まれた国ポーランドの民族衣装だろうか。人形の足元の台にはＡＮＮＡとサインがある。この人形を手にしたのはパリ最後の夜、アンナの家でパーティの時だった。

私はアンナと二度会った。彼女の恋人の沢田さんとは三度。十日間のパリの旅でたったこれだけしか会っていない二人を、私は今でも忘れない。

三年前の二十七歳の九月、私はパリへ出掛けた。初めての海外旅行だった。

その頃私は転職してデコレーターの仕事を始めていた。依頼主の求めに応じてウインドーを飾り付けしていく仕事である。

短大でデザインを勉強し、グラフィックデザイナーとして広告会社へ就職したものの、私は紙の上でのデザインに次第に興味を失った。五年働いて、デコレーター専門の会社へ移った。

この年齢になると学生時代の友人たちが少しずつ変わっていく。男の友人たちはサラリーマンの生活にうまく適応し働き蜂に変身する。一方女友達はそんな彼らの中から上等な人を選び取ろうと積極的に動き出す。「人並みの生活ができたらそれでいいわ」と言っていた親友が、人並み以上のエリートを結婚相手に選んでも私は驚かなかった。ただ彼らが将来の夢を語らなくなっていくのを寂しく思った。

私だって自分の夢がはっきりしていたわけではない。自分の手で何かを創り出したい、そう思っていただけだ。それが何かもわからなかった。けれども、わからない何かを手探りでも求めていこうという気持ちが私の中に捨てきれずにあった。この先どうなっていくのか不安だったけれど、自分の可能性を諦めることはできなかった。現実の生活に足場を組むのはもっと先でもいいと考えた。

二十七歳という年齢は、見通しのきかない霧の中でも前へ進んでいこうとする若さがあったのだろう。


パリ十日間のツアーは往復の飛行機にホテル七泊が付き、団体行動の日は一日もなかった。

空港からホテルへ向かうバスで二人の若者と知り合った。長野県出身という彼らは方言を気にせず明るくしゃべる気のいい青年たちだった。私は早速この二人にぴったりのニックネームを見付けた。背が高くて細面の青年を〝若殿〟と呼び、彼より背が低く少し太り気味の若者を〝じいや〟と命名した。

サン・ラザール駅近くの三つ星のホテルが私たちの宿だった。できるだけ安いツアーを探したかいがあってホテルは何の特徴もなく、下町の街並みに溶けこんでいた。超高層の近代的なホテルではなかったことだけでも私はほっとした。フロントの若い男性は当然のように私たちに向かって英語でゆっくりと話す。

時差ボケがどんなものかわからない私に、「いくら眠くなったって昼間寝ちゃだめだよ。最初の日我慢すれば後は大丈夫だから」とじいやが教えてくれた。

部屋で荷物を整理しベッドに横になり、明日からどの辺りを歩こうかと地図を広げていたらドアをノックされた。じいやだった。

「今晩俺の友だちの知り合いでパリに住んでいる人と会うんだ。友だちから渡してくれと頼まれている品物もあるし。それであいつと一緒に行く約束をしてたけど、奴さん腹が痛いから行かないって。和子さん、あいつの代わりに俺と一緒に行ってくれないか」

「私、その人知らないじゃない」

「俺だって初めて会う人なんだよ。こっち二人で行きますって言ってあるだろう。俺一人だと何だか心細くて。何話していいかわからないし、頼むよ」

「私が一緒に行っても本当にいいの？　迷惑にならない？」

「大歓迎さ。じゃ話は決まった。八時頃呼びに来るから部屋にいてくれよ」

私はじいやについて行くことにした。


ホテルへ私たちを迎えに来た沢田さんにロビーで会った途端、何故か懐かしさを感じた。白いジャンパーの沢田さんはがっちりとした体格で背は高くなかった。浅黒い肌色の彼と街ですれ違ったら、私は決して日本人だとは思わなかっただろう。東南アジアのどこかの国の人と推測するに違いない。

「車を待たせてあるから」と言う彼に促されて私たちはホテルを出た。

向かい側の道路に白い車が止まっていた。女の人が車にもたれて立っていた。

彼女がアンナだった。

車はアンナが運転した。

九月初めのパリの道路は混んでいた。

「安くておいしいからいつもいっぱいだ」

沢田さんが予約したレストランはシャンゼリゼ近くにあるらしい。お店の前まで行ったのに駐車場所が見付からず、私たちの車は店を離れて走り続けた。

私は後ろの席から運転席のアンナの仕草に見惚れていた。アンナはなかなか駐車できないのでイライラしていた。時々ため息をついたり、髪をかき上げたりとせわしなかった。肩までの金髪、袖なしのブルーのワンピース、二の腕にソバカスが浮き出ている。小柄できゃしゃなパリジェンヌのイメージとは違って少し太り気味のアンナが、私には気さくで親切な近所のお姉さんと映った。三十歳は過ぎていただろう。後で私は沢田さんから、アンナはポーランド人だと聞かされた。

食事中は主に沢田さんとじいやが話した。二人はじいやが品物を預かってきた共通の友人を話題にしていた。

時折私はアンナと目が合う。すると彼女は少し微笑んで、パンやワインを差し出してくれた。沢田さんはじいやと会話中、時々アンナにフランス語で話の内容を説明した。アンナは彼の話を聞きながら、じいやの顔をじっと見詰めたり、私を見ては頷いたりした。

彼らの話から、沢田さんは三十代の半ばで、コマーシャル写真の仕事をしながら世界各地を転々と移り住んでいること、二十代初めにヨーロッパを廻って以来、日本より西洋の暮らしが気に入っている、ということがわかった。

「和子さんはどんな仕事をしているの」

突然沢田さんに尋ねられ、私は少し口ごもりながら自分の仕事を説明した。

「面白い仕事じゃないですか」

「でも、この仕事、本当に自分のやりたいことなのだろうか、もっと他に何かあるのじゃないかしら、って考えてしまって」

「そんなもんじゃないですか、若い時は。僕なんか写真以外に何が自分にはできるだろうかって悩むんですよ」

こう言って沢田さんは笑った。その笑顔に優しく包み込まれた気がして、私は柔らかな気分になった。アンナも彼のこんな笑顔に魅かれたのではないか、とふと思った。

食後私たちはシャンゼリゼの大通りを歩いた。午後十時を過ぎていたが、道行く人と肩が触れ合うほど人通りは多かった。

レストランで沢田さんとじいやはしゃべり過ぎたのかもしれない。通りに面したカフェテラスに席を取ると、二人とも黙ったままぼんやりと目の前を行く人たちを眺めていた。

アンナが話し掛けてきた。

「カズコ、ナゼパリニキタノ？」

デコレーターという仕事や自分自身を見詰め直そうと思って、と言おうとした。でも、面倒になって私は簡単なフランス語で「パリが好きだから」と答えた。

「ナゼパリガスキナノカ」と続けてアンナに聞かれてしまった。

私はどう返事しようかと少し間を置いた。

「今は午後十時半。それなのにこんなにたくさんの人たち、色々な年齢の人、様々な国の人たちがパリの街を歩いている。ほら見て、隣のテーブルの老人カップルはおしゃべりに夢中でしょ。その向こうの若い二人はぴったりくっ付いてお互いの顔を見詰め合っているだけ。それにおかしいと思わない？　私たち昨日まで全く知らない者同士だったのに、こうしてここに座ってしゃべっている、昔からの知り合いのように。こんな不思議な出来事がこの街には似合うの。パリはそんな街だと思う、だから好き」

沢田さんが私のフランス語を助けてくれた。

パリに着いたその日に、私は偶然のきっかけで沢田さんとアンナに出会った。のんびりと街を歩きながらウインドーを眺め、美術館に通って、と計画していたことよりも、私は沢田さんともっと話がしたくなった。

二十七歳になって初めて外国へ出掛けた私と違い、彼は二十代の初めにもう世界各地を歩き廻っていたのだ。そしてどんな国でも生活していかれる程の強さを持つ人になった。そんな彼の生き方に興味を持ったし、あの笑顔にもう一度包まれてみたかった。

ヴェルサイユに行くつもりだと話したじいやに「一日休みを取って車で連れていってあげる」と沢田さんは言った。私も一緒に行くことにした。

時差ボケにはならなかった。私たちがホテルへ戻ったのは午前零時を過ぎていたからである。

次の日から私は一人で街を歩いた。

ガイドブックもしっかり読んでいたし、多くの映画でパリに親しんでいるせいか、初めてこの街を訪れたという気がしなかった。もう何年も前から住んでいる気分だった。街を歩き廻って疲れたらカフェで休む。その繰り返しで二日間が過ぎた。

沢田さんとの出会いは私の眼と心に変化をもたらした。デコレーターの仕事の勉強にもなる、と有名ブティックが並んでいるフォーブル・サントノーレの通りを歩いてみたが、結局私は何を見ても「沢田さんだったらどう思うかしら」の疑問が浮かぶ。一緒に街を歩きながら話ができたらどんなに楽しいだろうかと想像してしまう。カフェで休んでいる時も、街行く人の中に沢田さんを探している自分がいた。

パリに滞在して色々考えてくる。そう家族や友人に宣言してやって来たのに、そんなことより沢田さんが気になって仕方がない自分自身がおかしかった。

丸二日間、私はパリの街を歩いただけである。パリにいられるのは残り五日間しかない。そのうち沢田さんに会えるのはわずかな時間である。単なる旅行者の私のことなんか沢田さんはすぐ忘れてしまうだろう。

夜半に酔っ払いの声で目が覚めた。大きな声を張り上げ歌いながら歩く男の人を、私は五階のホテルの窓から眺めた。どこの国でも同じだ、と思いながら私はフランス語の単語一つでも聞き取れないかと耳を澄ました。その人は道路の真ん中を気持ち良さそうに歩いていた。小さくなっていく彼の背中に向けて拍手を送りたくなるほど、伸びやかに歌っていた。でも何一つフランス語は理解できなかった。

この街のどこかで沢田さんも眠っている。そう思って安心してベッドに戻った。

ヴェルサイユへ行く日、午前九時半に沢田さんは私たちを迎えに来てくれた。助手席にじいや、後ろの席に若殿と私が座った。

途中私たちはおしゃべりに夢中だった。

方言丸出しの二人のアクセントが面白くて、二人が何か言う度に沢田さんと私は笑った。いつのまにか二人の言葉癖に感化され、はっと気がつくと沢田さんも私も奇妙なアクセントで日本語を話していた。

運転席の沢田さんの髪に白髪を見付けた。目立つほど多くはなかったが、それは私に沢田さんの異国での苦労を想像させた。

「一日で見て回ろうとするのは無理だよ」

沢田さんの言う通り、ヴェルサイユ宮殿と広大な庭に私たちは圧倒されてしまった。

宮殿の中をゆっくり見たいと言う若殿とじいやを置いて、沢田さんと私はプチトリアノンの庭園へ向かった。彼らとは王妃の家で待ち合わせることにした。

秋の日差しが強くて、帽子を持ってこなかったことを後悔した。

今まで四人でいたのに二人きりになり、言葉が思うように出てこないことがもどかしかった。

「ここへはよく来るのですか」

「まあね。日本から知人が来ると大抵来たがるからね。それに時々写真の仕事でも来るよ」

幾何学的にきれいに刈り取られた樹々の間を沢田さんと並んで歩いた。何も話さなくても隣に彼がいるだけで満ち足りた気分だった。

「何を考えているんだい」

沢田さんの声に、私はずっと黙ったまま歩き続けていたことに気付いた。

「旅って不思議ね。つい二、三日前まで全く知らなかった人とこうして歩いているのだもの」

「不思議か。そう思えるうちはいいよ」

「あら、沢田さんは違うのですか」

「二十代の頃、初めてヨーロッパを旅した時はそう思ったさ。行く先々で色々な人たちと知り合うだろう。列車や、ホテル、駅のホームで。その度に僕は、ああこれが偶然の出会いか、と思って会う人ごとに精いっぱいぶつかっていったよ。でもそうして旅を続けていく間にわかったのさ。この人たちは通り過ぎていく人たちだって。僕の人生の横を彼らはサッと歩いて行くんだ。きっと僕だって彼らの傍らを横切っていくだけの者さ」

「でもアンナは？　アンナは沢田さんと一緒に生きているのでしょう」

私は聞きたかったことを思わず口に出してしまった。

「……わからない。アンナとはもう二年近く一緒だ。アンナも僕をわかっていてくれるし、僕もアンナのことを理解しているつもりだ。だけど本当はどうなんだろう、アンナと僕……」

「パリに来る前にニューヨークに五年いた。今と同じ広告の写真の仕事だった。その時はアメリカ人の女性と一緒だった。僕は以前から写真の仕事をしながら世界各地で生活したいという夢を持っていた。その人はそんな僕の夢をいつも黙って聞いてくれた。だからパリでの仕事の話があった時、僕は真っ先にその人に言った。きっと喜んでくれる、僕と一緒にパリへ行ってくれると思ってさ」

「だけど違った。彼女何て言ったと思う？〝私にも私の夢がある。もうあなたにはついて行けない〟と。その時、僕は自分を笑ってしまったよ。一人の人間が別の人間のために生きてくれる、なんて甘いことを考えていた自分をね。みんな自分のために生きているのさ。自分一人のために」

沢田さんは高い壁の前で立ち止まっている臆病な少年のようだった。跳び越したいのにそれができなくてどうしたらいいのかわからず、独り言をつぶやいている話し方だった。

「ニューヨークのことがあってパリに来て、しばらくしてアンナに出会った。僕はアンナが好きさ。何ごとにも情熱的に立ち向かっていくし、あれでなかなか細やかな神経なんだ。僕はこれからも行きたい国があるし、撮りたい写真もある。これだけは僕の捨てられない夢だ。アンナに聞くんだよ。君の夢は何か、この人生でしたいことは何なのかって。アンナは笑って答えるんだ。僕を見ていることだって。僕が生きているのを毎日見ているだけでいいって」

私にはアンナの気持ちがわかる。少し前に沢田さんと並んで歩いた時の、あの充実感を思い出した。

「でも何ていうのかな、どうしようもなく疲れることがある。アンナは僕の頭の中をブルドーザーでひっかき回さないと気が済まないのさ。わかるかい？　西洋の女の人の激しさを。僕の頭の中にあるものを全部引っ張り出してアンナの前に並べなければならないんだ。それもちゃんと一つずつ説明してさ」

「私だって好きになったら、その人の頭を割って中身を全部知りたいと思うわ」

私は笑って言い返した。


小さな池の側に木造二階建ての王妃の家があった。マリー・アントワネットが好んだという、その建物中央のらせん階段を取り巻いてピンクの花が咲いていた。

「沢田さん、おかしいと思うかもしれないけれど、私、今ヴェルサイユ宮殿の庭にいることが奇妙に思えてくるわ。だってこの場所を二、三百年前には世界史で習ったルイ十五世や十六世、マリー・アントワネットが歩いていたでしょ。ひょっとしたら、今日のこんな青空を眺めて私と同じことを言ったかもしれない、〝九月にしては今日は暑い〟って。二十七歳の私がパリに初めて来て、知り合ったばかりの、そしてもうすぐお別れする沢田さんとここにいまーす」

最後はおどけ気味に言い、私は振り返って真っ直ぐ沢田さんを見た。沢田さんは髪に手をやり、まぶしそうに目を細めて空を見上げていた。

ヴェルサイユで沢田さんとゆっくり話ができたことがうれしかった。

――小学校に入学した時、両親がお祝いに地球儀を買ってくれた。毎晩僕は親父やお袋に聞いたよ、この国の人は何を食べているのか、何して遊んでいるんだ、こっちの国の人はどうなんだって。ある晩、僕があんまりしつこく尋ねたので親父がうるさがって〝そんなに気になるなら大人になったら行って見て来い〟って怒鳴った。何だかその時のことはよく覚えている。今こうして日本から離れた国で生活していることは、多分子どもの頃からしたかったことだと思うよ。大体僕は一ヵ所にじっとしていることが好きじゃない。だってそうだろう。地球だって毎日休みなく動いているのに僕だけ同じ場所にいるなんて変だよ――。

――僕たちの人生って本当に短い一瞬だと思うよ。でもいいさ。僕は自分の人生が一瞬だってわかっている。写真を始めたらその一瞬のそのまた何億万分の一かの瞬間にシャッターを押すだろう。一瞬のシャッターで決まる一枚の写真の重みは永遠と同じだ。こんな写真を撮るつもりじゃなかったというのもあるよ、良くても悪くてもさ。だから僕の仕事は何か偶然の贈り物をもらうという気がするよ――。

――僕は自分の一生が一瞬だってわかった時から、よし、それならその一瞬に拘《こだわ》ってやろうじゃないかって決心したんだ――。

沢田さんはこう言って励ましてくれた。

――今興味のあることをどんどんやるといい。自分の心の動く方向へ体を持っていきなさい。僕自身もそうやって生きてきた――。

残りの二日間、私はもう街を歩き回らなかった。

セーヌ川沿いを散歩していたらスケッチをしたくなり、ノートとコンテを買った。

私が気に入った場所はサン・ルイ島の中の小さな公園だった。ここからだとセーヌ川の流れの向こうにパリの街並みが美しく調和して見ることができる。公園のベンチに座りスケッチブックを広げた。描き始めると時間のたつのが早かった。

二日目も私はサン・ルイ島へ行った。

この日、私の隣のベンチで若者がキャンバスを立てて絵を描いていた。

しばらくすると彼は私のスケッチブックをのぞき込んで話し掛けてきた。上手でもない私の絵に、わざと目を丸くして感心したと言う。私は〝ありがとう〟と答えただけである。彼は時々手を休めてたばこを吸った。私と目が合うと微笑んだが、もう話し掛けてはこなかった。

年老いた女の人が私の横に座った。鏡を出して化粧を始めた。すぐ側に私がいるし若者もいるのに、他人のことは全く気にもせず化粧を続けた。口紅をぬるにも紅筆を使わず一気に真っ赤にぬり上げた。その手つきが私には小気味よかった。化粧を終えると、少しぼんやりと遠くを眺め、たばこを一本吸い、立ち去った。一度も私の方を見なかった。

私はスケッチするよりも、セーヌの流れを眺めながら彼女の人生に思いを巡らす方が楽しいことのように思えた。

その夜、私は若殿とじいやと三人でホテル近くのレストランへ出掛けた。

アラブ人が集まる郷土料理の店に二人は何度も通っていたらしい。注文を取りにきたボーイとも顔なじみのようだった。あの変なアクセントの日本語で話す。ボーイはニコニコ笑い、メニューを指差して頷く。

私たちはワインを飲んで冗談を言い合い、涙が出るほど笑い転げた。


パリを発つ前日、私は朝から忙しかった。

若殿とじいやに頼まれて、彼らがお土産を買うのに付き合ったからである。メモに書いた品物を、彼らは私に教えられた店で買いそろえた。

午後三時、私たちはモンパルナスの駅で沢田さんと待ち合わせた。パリ最後の夜をアンナの家で過ごすことになっていた。

電車に乗り換えてアンナの家へ向かう途中、沢田さんは背の高い赤いグラジオラスの花束を買った。

アンナが料理を作って待っていてくれた。

沢田さんは大いに日本語をしゃべり、若殿とじいやは相変わらずの日本語で笑わせてくれた。

そして私は沢田さんが目の前にいる喜びと、今日で終わりになるという二つの思いが入り混じり、急に楽しくなったり、胸が詰まったり、その繰り返しだった。

沢田さんはヴェルサイユで二人で話した時の気弱な感じはしなくて、とても元気そうだった。隣のアンナに時々通訳した。

「こんなに日本語を話せるなんてうれしいよ。いつもフランス語だろう。気持ちいいなあ、日本語を話すのは」

そのうち沢田さんは話すのに夢中でアンナに通訳をしなくなった。つまらなくなったのかアンナはソファに移った。

「アンナ、色々とありがとう」

「ドウイタシマシテ。パリハタノシカッタ？」

「ええ、私、アンナに会えてよかった」と言うと、アンナはいつもの口癖で「ナゼ」と聞き返してきた。私は何とかフランス語で言おうと思い、「沢田さんもいい人だし、アンナもいい人だし、二人に会えてよかった」と易しい単語を並べた。

アンナはすっと立ち上がり、本棚から人形を持ってきた。

「コレ、カズコニアゲル」

私の手を取り、人形をのせた。

「ありがとう。ここにアンナの名前を書いて」

そう頼むと、アンナは人形の足元にペンでＡＮＮＡとサインした。私もアンナに何か渡そうと思ったけれど、とっさに何も思い付かなかった。

「ありがとう」

私はもう一度言って彼女の頬にキスをした。


「セ・ラ・ヴィってフランス語があるだろう。どんな時にこちらの人たちが使うかわかるかい？」

パーティは終わった。戸口に向かう私に沢田さんは問い掛けた。

「例えばさ、僕とアンナが仲良く暮らしていたとする。そこに偶然和子さんが現れた。僕は和子さんを好きになり、和子さんも僕を好きになってしまう。そんな時、僕たちはこう言うのさ、〝セ・ラ・ヴィ〟（これが人生さ）って」

沢田さんは肩をすくめ、手を広げ、映画の俳優がするような動作をした。

「ナニ？」

アンナが沢田さんに近付いて尋ねる。

彼はアンナに「セ・ラ・ヴィ」と言った。

アンナもドアにもたれて沢田さんと同じように肩をすくめて「セ・ラ・ヴィ」と真似した。

あの時の沢田さんの言葉が彼の本当の気持ちかどうか、わからない。でも私に限っていえば「和子さんも僕を好きになってしまう」というのは当たっている。

沢田さんは別れの時、一瞬私を真剣に見詰めた。私はきっと怖い顔で彼を見返していたに違いない。

彼が今生きている場所は次に行ってみたいと言っていたエジプトだろうか、それともインドだろうか。もう二度と私は沢田さんともアンナとも会うことはないだろう。

もし、私が旅行者でなくパリに住んでいて沢田さんと出会ったなら……。もし、もっと時間があって一緒に過ごすことができたなら……。

もし、と想像する世界こそ、〝セ・ラ・ヴィ〟という言葉でくるんで時の彼方へ葬り去ろう。

まきわら船

この頃になって、やっと君のことがわかってきたような気がする。

娘が生まれて、その娘の絵里《えり》が教えてくれるんだ、君を。

君はまだ子どもだった、それに僕も。二人とも人生をやっと自分の足で歩き始めようとしていた。足元もおぼつかないのに、僕たちは大きな顔して真っ直ぐ前しか見なかった。道端に転がっている石を蹴ったら、その石が自分たちに跳ね返ってさ。よける術も知らないから、僕たちは慌てて違う道に進んだ、右と左に。たったこれだけのことがわかるのに、何年もかかるなんて。おかしいだろう。

今夜はまきわら船が川に浮かぶ。君に見せてあげるって約束したのに、ごめん。一度も一緒に来ないうちに別れてしまった。

僕の故郷で君に自慢できることなんて何もなかったけど、まきわら船だけは別だった。覚えているかい？　これだけが都会育ちの君に誇れることだったから何度も話したはずだ。

毎年六月の最初の土曜日の夜、まきわら船が川をゆく。たった一晩、それもわずか数時間に、村の人たちは皆、夢中になる。僕もそうだった。

実を言えば、六月に田舎へ戻って来たのは十年ぶりだ。この間、一度も見ていない。

「まきわら船を見に田舎へ帰る」ってカミさんに言ったら、「突然どうして？」って不思議がった。目の前のカレンダーを見たら翌日が第一土曜日だった。いつもこの時期はボーナス商戦が始まるから、土日は家電販売店へ応援に行かなくてはならない。今年は出張が続いていたから、部長が気遣ってくれて特別に休みがもらえた。こんな機会は滅多にない。絵里も一緒に行きたがったけど、友達の誕生パーティがあるからって諦めた。

僕の村のまきわら船は、屋台舟に一年の日数と同じ三百六十五個の提灯を半円の山型に飾り、その中心の真柱に一年の月数の十二個の提灯を取り付ける。この提灯は村中の人たちが分担して半年がかりで一個ずつ和紙で作る。わが家では祖父が楽しみにしていた仕事だ。子ども時代は、のりを木の枠に塗ったり、和紙を巻いたりして手伝ったものだ。ちょっといびつになっても、祖父は「よし、よし、ちゃんとできたぞ」とほめてくれた。

まきわら船の日は、夕方から提灯の飾り付けが始まる。これが大変な仕事なんだ。三百六十五個の提灯全てにろうそくが灯るまでは時間がかかる。一個ずつ火を点けていくのだから。船が揺れたり、風の加減でろうそくが消えてしまうこともある。ろうそくの火が提灯に燃え移って大騒ぎになったこともあった。

まきわら船が出る夜は村中の灯りが消え、見渡す限りの闇が広がる。君は本当の闇がどんなものか知らないだろう？　前を歩いている人が墨に溶けて消えてしまうんだ。

やっと飾り付けを終えた船は、一年の無病息災を祈る僕たちの思いを担って川をゆく。


川原に座って船が来るのを待っている。

じっと座って何かを待っているなんて、ここ何年もなかったような気がする。何かを待つ気持ちって、どこかくすぐったくて、胸の奥が締め付けられるようだ。

こうして座っていると、亡くなった祖父と君を思い出す。まきわら船を何度も一緒に見た祖父、一度も並んで見なかった君。

幼い頃は祖父の膝の上で見た。

「もうすぐ来るよ。ほら、あっちだ」と祖父が僕の手を取って遠くを指差すけど真っ暗だろう。今か、今かと向こうの闇を見ていると怖くなってくる。でも怖いなんて言えないから、祖父のひげをずっと触って気を紛らわした。

祖父が亡くなって何年も経つのに、ひげのちょっと生暖かくてごわごわしていた指先の感じだけは覚えている。「おう、浩史《ひろし》、今年は帰って来たか。よかったな。久しぶりに一緒に船でも見るか」。生きていたら祖父は目を細めて、こう言うに違いない。そして僕はあぜ道を祖父の手を引いて歩くだろう。

君は、きっと今朝の雨でまだ少し湿っている草を触って顔をしかめるはずだ。バッグからハンカチを取り出して、どこに座ろうかしばらく迷う。やっと一番落ち着けるところを見つけ、僕に笑いかける。僕が横に座っても君はしばらく何もしゃべらず、じっと川を見つめる。それから急に思いついたように、さも重大な秘密を打ち明けるみたいに声をひそめて話し出す。「昔、昔、ずっと昔、大昔のことよ。そんな昔でも、私たち、ちゃんと出会って、仲良くなって、それで、まきわら船を夜、二人で草の上に座って黙って見るのよね」。僕が「そんな昔のことは知らないよ」って言うと、君は怒ってドーンと僕に体をぶつけてくるんだ。

遠くの暗闇に灯りが一つ、見える。トンネルの先に小さな光が生まれた。闇の中にボーと光が浮かび上がって、それが一つ、二つ、三つと大きくなってくる。船が近付いて来る。船を漕《こ》ぎ進める艪《ろ》の音が微かに聴こえる。目を閉じてたって、僕は船がどの辺りを通過しているのかわかる。

僕の前に船が来た。

一瞬、辺り一面がとてつもなく明るくなった。ものすごい光があふれる。まきわら船ってこんなにも明るい船だったんだ。船を漕ぐ人の顔がはっきりと見える。水の音が大きくなる。ゆらゆらとろうそくの灯りが揺れているのもはっきりわかる。

そうだ、絵里にはいつか、まきわら船を漕いでいる僕を見せてやりたい。

あれは奇妙な映画だった。

辛気くさい表情の人たちが、日常の様々な問題に右往左往している姿を描いたオムニバス映画だった。三歳を過ぎてもうまく話せない子どもを連れて両親は病院を探し回る。妻の浮気に夫は多額のお金を使って、興信所に調査を頼むのに、その結果を信じようとしない。アパートの住人たちがごみ置き場の設置場所をめぐって、連日連夜の会議を繰り広げる。妊娠中の妻のつわりに夫は翻弄される。

つまらないと時には僕の腕にサインを送ってくる君が集中して見ているのが不思議だった。

「悠子《ゆうこ》は面白かった？　どうってこともないことに、何故あんなに真剣になれるのだろう」

「映画に出てくる人たち、みんな、真面目過ぎるのよね。もうちょっと肩の力を抜いてちゃらんぽらんに生きた方が楽なのに」

僕はわかっている。これは悠子が自分に言っているんだってことを。君だってあの映画の人たち同様、いつも小さなことを気にしている。そう言おうとしたけど止めた。

「ほら、あのつわりの嫁さんがさ、漁師が獲ってきたぴちぴち跳ねている魚をぽいっと口に入れて食べてしまう場面があっただろう。あれは気味悪かったな」

「そうかしら。私はつわりじゃなくたって、金魚鉢の赤い金魚を食べてみたらどんな感じかしらって思うわよ。いつかやってみるかもしれない」

　こう言った君の視線は僕を通り越して、遠くを見ていた。

「止めてくれよな。あれは元手と時間がかかっているんだぞ。三百円投資して、たった一匹釣れただけだったんだから」

　いつもなら笑ってくれる君が黙ったままだった。

「どうかした？」

「あの映画の人たちって、みんな毎日生きていくことを当然のこととして受け止めているじゃない。原点を疑わないのよね。あの金魚だって、明日私に食べられて死んじゃうかもしれないのに、それを知らないで泳いでいるのよ」

　悠子の声が震えていた。


　君は僕に支えになってほしかったんだね。心が重過ぎて、一人で持てなくて、その辛さを僕にぶつけていた。それなのに僕は君を助けなかった。両親の元へ帰るという君を追いかけなかったのは、もうこれで終わってもいいと思ったからだ。

　二年間の君との生活は毎日がイベントだった。今日は君がどんなことを言い出すか、何を始めるか、僕は受け身で待つようになっていた。君の感情の起伏に参った。疲れてしまった。もういいよ、何もない暮らしでいいよ、平凡な毎日が続いたっていいじゃないか。それでもちゃんと元気に生きていかれるぞ、と高をくくった。仕事が忙しくて毎晩遅くなり、君に構っていられなかったこともある。一人になって、僕は君と別れる前よりもっと仕事に埋没した。

しばらくしてから、僕たちが通った大学がある町へ出張で行った。

ふと思い立って、あの駅前の喫茶店へ寄ってみた。いつもの僕たちの指定席、例の植木で隠れた隅のテーブルだ。コーヒーを運んでくれたのは、あのママさんだったけど、もう僕のことは覚えていないようだった。僕もあえて名乗らなかった。相変わらず、何も余計なことはしゃべらないけど、大らかなあったかさがこちらに伝わってくるのは昔と同じだ。そういえば僕たち、ママさんを〝駅前の聖母〟ってこっそり呼んでいたっけ。

「もし好きでなくなったら正直に言おう」とお互いに約束していたけど、そんなことは空中の煙をつかまえるようなことだった。きれいごとだった。僕は君から逃げた。

一つ白状するけど、僕のカミさんは駅前の聖母と似ているところがあるよ。僕より肝っ玉が大きいというか、世の中のことを全て肯定的に見る。何か問題が起こっても「これは前へ進むために必要なのよ。だから大丈夫よ」と笑って言うからな。

カミさんと付き合い出してすぐだったと思うけど、君のことを話した。

学生時代に君と出会い、しばらく一緒に暮らした。僕が就職して二年目の春、君は軽いうつ病にかかり、医師からなるべく一人でいるのは避けた方がいいと勧められた。君は親元へ帰った。こんなことをね。カミさんは「もう元気になっているかしら」とぽつんとつぶやいただけだった。

絵里が五歳の時だった。

熱を出して寝ている絵里が、枕元にいた僕に潤んだ目をして言った。

「おとうさん、えりのこと、みててね。あのね、あたまがいたいの。おとうさん、えりのとこにいてね。えりね、おとうさん、だいすきだからね」

僕がどこかへ行ってしまうと心配して、必死に引き止めようとする絵里の目を見ていたら、どこかで同じような目を見たことがあると思った。君だった。

「あなたは私のこと、見てないじゃない。私が側にいるのにちゃんと見てない」

そう言って君は泣いた。

絵里が教えてくれた。何も言葉をかけなくても、ただ一緒にいて手を握り、僕の体温で絵里を温めてあげればいいんだと。それだけで絵里は一人ぼっちじゃないと安心する。

あの時、僕はもっともっと君を力いっぱい、抱き締めてあげればよかった。

絵里が僕にもう一つの人生を教えてくれる。

人が毎日生きていくこと、それが物語だ。何も特別ではないことが特別なことで、それを当たり前だと思っている方が当たり前じゃない、ってことを。

絵里は今日あったことを、見たことを、初めてだったって毎日大騒ぎする。自転車に乗れた、曲がり角で幼稚園の先生に会ってびっくりした、公園で知らないおじさんがお菓子をくれたって。こんなことが大事件なんだ。そしてある日突然、「えりにおかしくれたおじさんね、あのおじさんね……」と話し出す。僕は面食らって何を言っているのだと思うが、絵里にとっては、あのおじさんは絵里の心のどこかに住んでいて、ずっとそこで生きている。だから急に話に出てきても、絵里には普通のことだ。

君もそうだった。君も出会った人や景色、何でも心の中に入れてしまって、ずっと手放さずに育てている。みんな君の心の中でいつまでも生きている。そうだろう？

僕は人と別れたら、もう二度と会わず、お互い別の人生を生きるのだと思っていた。でも絵里が生まれて、そうじゃないような気がしてきた。絵里は毎日、毎日が、今日生きていてうれしい、という感じだ。一度でも出会った人は、もう絵里の心の中に住んでいる。近くにいなくても、会うことがなくても、今、この同じ時間をどこかで一緒に生きていると思っている。

絵里に教えてもらって、やっと僕は君ともう一度正面から出会うことができたと思う。いつかまた君に会っても大丈夫だ。僕たちは共に生きている。

二艘《そう》のまきわら船がすれ違った。ものすごく明るい。目がくらくらするほどだ。僕たちもあの二艘のまきわら船のように、お互いに光を放ち合ってすれ違う日が来るだろうか。

今日、まきわら船を見たよ。

1　妹

改札口の隅で来週の予定を話していた私の言葉を遮るように、信彦《のぶひこ》は肩に手を置いて突然言った。

「な、由希《ゆき》、もういいだろう、一人暮らしは。そろそろ一緒に住んで、二人で仲良く年寄りになっていこうよ。結婚しよう」

信彦の口から結婚という言葉が出た途端、妹の千帆《ちほ》の横顔がサッと頭に浮かんだ。

真夏、十四歳の千帆、二人でごろごろと寝そべっていた日。千帆の真っ白なすべすべした頬がすぐ手の届くところにあった。信彦と付き合い始めて数年になるが、その間、ほとんど妹のことは思い出していなかったのに。

頭の中がぐるぐると回転を始めた。私は信彦の「どうしたんだ」という声を振り切って改札を駆け抜けた。

高校一年生の私、千帆は中学二年生。夏休みに入り、まだ部活が始まっていなかったから毎日退屈だった。一階の居間で扇風機を回し、畳に敷いたバスタオルの上を丸太のように転がりながらおしゃべりしたり、本を読んだりしていた。

「お姉ちゃん、お姉ちゃんってさー、何歳で結婚する？」

急にとんでもない質問をする妹がわずらわしかった。

「ばーか、何でそんなことを聞くのよ。私ね、十五歳よ。何考えてんの」

「でもね、私は妹だから、先にお姉ちゃんの方が結婚するでしょ。そしたら私、一人ぼっちになっちゃうよ」

「お父さんとお母さんがいるじゃない」

「だめ。お父さんとお母さんは親だもん。お姉ちゃんと違うもん」

「あんただっていつか大人になって結婚して親になるじゃない。それにね、あんたの方が先に結婚するかもしれないよ」

「ううん、私はお姉ちゃんより先には絶対に結婚しないから」

「そんなこと、わかんないよ」

あのとき、妹は私を見ずに天井をじっと見つめながら話した。変な質問を思いついた妹に私は知らん顔して、放り出していた漫画のページをまためくった。おかしなことを言った横の千帆を見たらもう眠っていた。あまりにも白い頬だったからちょっと触っていたずらしたくなったほどだ。

庭のカンナが目に入った。この暑さで私たちは何にもやる気がなくなっているというのに、あの花は暑さを吸い寄せるかのように咲いていた。カンナの生き生きとしたオレンジ色と妹の白い肌を一緒に思い出す。

電車の窓から街の様子をぼんやり眺める。千帆が出てくると日常が違ったふうに見えてしまう。周囲の全てが実体のない、空間に漂ってすぐ消えていってしまうものに変わる。

車窓に流れていく五階建ての集合住宅が、ニョキニョキと間隔を置いて地面から生えている竹の子みたいだ。あの中には幾つもの家族が住んでいるのだ。

大きな駅を通過した。陸橋からこぼれ落ちそうなくらい大勢の人たちが歩いている。まるでアリが地面の穴から途切れることなく湧き出て一直線に前に向かって進んでいるようだ。私もこうして電車に乗っていなければ、あのアリの中の一匹にまぎれているに違いない。

確かに私は現実の世界にいるし、千帆はもうあのアリの一匹でもない。千帆は生命の枠から飛び出て消えた。

二十分間電車に乗っていただけなのに、いつもの駅で降り改札を出ると、今日はどこか遠くへ旅に出て、やっと故郷へ戻ってきた気分だった。

昨年から一人住まいを始めた。

二十五歳を過ぎ、両親の前で、彼らの子どもの振りをしている自分に気付いた。一緒に住むことが何だか嘘っぽく思えた。家を出る。そう両親に告げると反対はなかった。

引っ越しのトラックに乗り込むとき、「千帆の分まで生きてやって」と母が言った。私はいつものように「そんなことはできないよ」と反発した。

一人ひとりの人生は誰も代われないし、誰かの分まで生きるなんて、そんなことはできっこない。それに私は十四歳で死んだ妹が将来どんなふうに生きていきたいのか、何をしたいのか、妹がどんな人間で、何を考えて十四年間生きたのかもわからない。千帆は私の二歳下の妹として、両親と私と四人一緒に暮らした事実があるだけ。私が思い出す妹は私の勝手な思い過ごしに違いない。でもそれが私にとっての唯一の千帆なのだ。

駅前のスーパーに立ち寄る。相変わらず千帆が私の側にいる。何を買おうか決まらず、牛乳一本だけ持ってレジに並ぶ。こんな私にも「またお越しください」と声がかかった。

どの道を歩いてアパートに帰ろうか、一瞬考える。朝は駅までの最短距離の道を行くが、それでも十五分はかかる。遠回りの三十分コースもあるし、民家が両側に立ち並んだ狭い道でも帰宅できる。千帆だったらどの道を選ぶだろうか。坂道が途中にある、ちょっと遠くなるが休みの日に信彦と歩くコースだと思う。公園もあるし、いろいろな住宅を眺められるから。

小学生の頃、千帆と散歩しながら、住んでみたいと思う家を見付けると、家の中はどうなっているかと二人で想像しながら絵を描いて遊んだ。絵の中のことなのに、お互いの部屋をどこにするかでけんかした。

これまで千帆を思い出しながら歩いたことは一度もなかった。

自転車で私の目の前を走っていった男の子は中学生か高校生かしら？　こんなことを気にするのも、突然出てきた千帆のせいかもしれない。そういえば千帆は好きな男の子の話をしなかった。「好きな子、いないの？」って聞いても「ぜーんぜん」って。「お姉ちゃんは？」って千帆が聞き返す度に、私は気になる男の子を挙げた。コロコロと変わるので、千帆は「お姉ちゃん、無責任だよ」って怒った。人を好きになることに責任ってあるの、って千帆に聞いてみたい。

道路を横断する。

ここから坂道が始まる。道は三方向に分かれ、その基点の二等辺三角形のような地形の突き出た部分に桜の木が一本植えられている。

今年の春は花の咲き始めから散るまでを毎日見た。幹がぼろぼろになっている部分もあるから若くはない木だと思う。満開になってもうわっと盛り上がらず、控えめに咲いて、さらさらと散っていった。昨年夏に引っ越した頃は葉っぱだけしかなかったから、この木は何の木だろうと思った。冬の終わり、痛々しいような幹に小さなふくらみが幾つも出ているのを見付けた。桜のつぼみが春を待っているのだった。今は青々とした葉が幹を隠している。

千帆ったら、道に落ちていた桜の花びらをポケットにいっぱい詰め込んだ。何をするのかと思ったら、家で画用紙に糊でていねいに花びらを一枚ずつくっつけた。「お姉ちゃん、ほら、ちゃんと桜に戻ったよ、きれいでしょ」とうれしそうだった。千帆が幼稚園の頃だ。花びらを細かくちぎって土に混ぜて、お団子にするしか考えなかった私は千帆を見直した。私と妹は姉妹だけど違う。子どもながらにそれがわかった。

坂道の角にマンションが建っていて、その横の道は勾配がきつい。朝の出勤時はこの坂を一気に駆け下りてくるが、帰宅するときはこの三角地点で二度目の選択に迷う。どの道でも結局はアパートにたどり着くことができる。私はどの道を選んだっていい、自由なんだ、と感じる瞬間。これだけのことにわくわくする私を、信彦は「アホとちゃうか」と笑う。

デザインの専門学校で信彦は、初めは単なる同級生だった。何かの折に「何人兄弟?」って聞かれて、「二歳年が離れた妹がいたけど、十四歳で病気で亡くなった」って答えた。そしたら彼は「そうか。由希ちゃんは丈夫で良かったね」と言っただけで何も尋ねなかった。ちょっとほっとした。もし何か質問されたら、どう答えたらいいのか怖かったからだ。日頃は忘れている千帆。ほとんど思い出さない妹なんだから。

それまでの友人たちは大抵、「死んだ妹がいる」と知るといろいろと聞きたがった。あるいは「かわいそうに」と悲しそうな表情をした。彼らに合わせて私も何かそんな顔を作らないといけない気がしたが、どういう顔を作っていいのかわからない。妹のことをあっさりと聞き流して会話を続けたのは信彦が初めてだった。だからかもしれない。それから私は信彦が気になりだして、私の方から信彦に近付いていった。同い年なのに、信彦は途方もなく大きな人だった。彼の中には柵がなくてどこまでも進んでいけて、でもそこには何もなくて、ただ広々とした空間があるだけだった。

私は彼に尋ねたことがある。

「どうしてそんなにボワーとしていられるの?」

「僕は僕なりに生きているんだぞ。ボワーとしてなんかいない」

「私はアホだけど、信彦はボワー。アホとボワーは違うよね」

「まあーいいさ。アホはアホなりに、ボワーはボワーなりに、自分をごまかさないでやっていけばいいんじゃないの」

こうして何でも受け入れる信彦を、私はやっぱりボワーの人って思う。

信彦はデザイン会社で電気製品、機械や車を描いている。私は広告の版下を作る小さな会社へ入ったが、あまりの忙しさと残業が深夜まで続くのに耐えられなくて三年目で辞めた。「簡単に諦めるなよ」って信彦に言われたけど、「季節が変わるのもわからないほど仕事してどうするの?」って言い訳を考えた。けれど本当はただ仕事が面白くなかっただけ。先輩から回ってくるデザインの下書きをあと何年もやるのかと想像しただけで疲れを感じた。今のように旅行会社のカウンターで飛行機や列車のチケットを手配する単純作業の方が合っている。

信彦は相変わらず夜中の一時過ぎまで働く日がある。けれど会えば、ゆったりと川が流れていくように鷹揚《おうよう》としている。

「あわてたってゆっくりしたって、嫌だなと思ったって、時間は同じだよ。ただこちらがどう感じるかなんだ。僕の場合はそのとき、そのときに集中することが楽しいからな。状況の中にスーと素直に入っていくんだ」

私には理解不可能な説明をする。

千帆はこんな信彦を「お兄ちゃん」と呼ぶだろうか。


住宅街にある小さな公園に立ち寄る。

戸建ての間に挟まれた階段を数十段上がった場所にあるから、公園があるとは気付かない人が多い。子どもが遊んでいるのを一度も見たことがない。一応、砂場とブランコがそろっている。

土曜日の午後だというのに、やっぱり今日も誰もいない。シーンと静かな公園は、もぬけの殻といった感じで余計に寂しい。ベンチに腰掛ける。

千帆はシーソーが好きだった。私はブランコが好きで一人でも乗れるけど、シーソーは一緒に乗る相手がいないとただの板切れだ。よちよち歩きの頃から千帆はシーソーを見付けると遊びたがった。自分で座れるようになるとちょこんとまたいで、「お姉ちゃん、お姉ちゃん」と大きな声を張り上げる。私は仕方なくブランコを降りて相手をしてやった。千帆が大きくなるにつれて、座る位置を変えなくても上下に動くようになったから、少しは楽になったけど。空っぽのブランコが揺れる。その後ろにシーソーでポーンと空へ跳ね上がる度に「キャッ、キャッ」と笑い声を上げた千帆が見える。

子ども時代、千帆と探検ごっこをした。

社宅に住んでいたとき。私は小学一年生で、千帆は幼稚園の年中だった。私たちの家は四階建ての三階にあった。社宅内の別の建物へ行ってみると、数メートルしか離れていないのに雰囲気や風の匂いまでまるで違っていた。同じように建てられ、年数も同じだけ経っているのに。住んでいる人たちのせいなのだろうか。これだけでも面白いことだった。私と千帆の「探検ごっこしよう」は社宅内のよその建物へ行くことだった。

「お姉ちゃん、誰か犬、飼ってるんだよ。ほんとはだめなんだよね」

階段の隅にふわっとした毛を真っ先に見付けるのは千帆だった。犬がほしいと何度も両親にせがんでいた。

「ここはね、社宅で一軒家じゃないからだめなの」

母がいつも同じ言い方で千帆をなだめた。それなのに千帆は犬が怖くて触れなかった。小犬を抱いている人に会って、「ほら、千帆、触ってて」と私が触ってみせても、一歩離れて不安な顔で見ているだけだった。そんな千帆より、私の方が犬にも触れるし、千帆のお姉ちゃんだから強いんだと思った。

もし千帆が生きていたら二十四歳。でも二十四歳になった大人の千帆を私は想像しない、できない。私は頑固に十四歳までの生きていた千帆を思い浮かべる。両親は時々「千帆が生きていたら、もし今も生きていたら」と繰り返す。「もう死んじゃったよ。もういないんだから。そんなこと言ってもしょうがないよ」と私は言い放つ。

住宅街の坂道を下って行く。

広い通りを渡ると、もうここから道は平坦になる。道幅は狭くなって小型車が何とか通れるくらい。私の脇を自転車がスーと走って行った。近所の人だった。小さな川というか、堀みたいな流れに沿って歩く。アパートの青色の屋根が少しだけ見えてきた。

探検した頃の子どもに戻って、このコースを千帆と一緒に歩いてみたい。今日初めて思った。

アパートの二階の一番左端のドアを開ける。

ワンルームの部屋が私を待っていたかのように呼吸し始める。空気が流れ、動き出す。それまで眠っていた部屋が、私が戻ってきたから慌てて起きたみたいだ。ベッド、衣装ケース、本棚、中学時代から使っていた学習机、小さな丸テーブルと折りたたみ椅子二脚、これだけ。

一人住まいを始めるときに思い切りよくいろいろな品を処分した。卒業記念アルバムも捨てたし、友人たちとの写真も数枚だけ残して燃えるごみ袋に入れた。お土産にもらったもの、もう小さくて着られないけど好きで取っておいた洋服、一時熱中して集めた縫いぐるみも全部捨てた。これから一人住まいをする、そう思ったら決断力が強まった。

信彦は「こんなに片付いた部屋にいて落ち着かなくない？」と最初驚いたけど、これで何も不足はない。壁にバリ島へ行ったときに買った布を掛けた。南国の木々の下で果物を食べている家族、ハンモックで寝ている子ども、木を見上げておしゃべりしている男女が描かれている。時々彼らの話し声が聞こえる気がする。この部屋の飾りといえば、後は鉢植えのゴムの木。引っ越し祝いに信彦からもらった。私は気付かないけど、信彦は部屋に来る度に、育っている、と言って触る。

机の引き出しからポケットアルバムを取り出す。アルバムを整理したときに、妹と写った数枚の写真を入れてきた。引っ越してから見るなんて一度もなかった。

ああ、千帆はこんな顔してた。一枚ずつ手に取りながら千帆を思う。生まれたばかりの千帆はおとなしく布団に寝ていて、その枕元で千帆の哺乳瓶をくわえている私。写真館で撮った千帆が三歳の時の七五三の家族写真。私が幼稚園の制服姿で、千帆は父の膝の上にいる写真。高校の入学式後に真新しい制服を着た私と普段着の千帆と家の玄関前で撮ったもの。

それから二人とも水着の写真。千帆が亡くなる前の年、母の親せきの家で夏休みを過ごしたとき。砂浜で足を投げ出してまぶしそうに目を細めた表情の私に反して、千帆は目を大きく見開き真っ直ぐカメラを見て、かしこまってきりっと正座している。「何よ、千帆ってお澄まししちゃって。場違いなポーズ」と私は千帆に言ってやった。そしたら千帆は「写真っていつまでも残るでしょ。ちゃんと写っていたいよ」と言い返した。確かに千帆の言葉通り、この写真が二人で撮った最後になった。

2

妹の病気は突然だった。

三月の春休み、私はバレー部の練習で朝早く家を出て五時頃帰宅するという毎日。母はパートで働いていて六時過ぎしか帰って来ない。だから妹は一人留守番で、私が帰ってくると台所でおしゃべりしながら母の帰りを待つのだった。

その日、玄関で「ただいま」と言っても、「お帰り」と聞こえる妹の声はなかった。二階に上がって着替えてすぐ台所へ行った。

妹がテーブルにうつぶせてだらしなく座っていた。「何やってるの」って声をかけても返事がない。こんなところで寝てしまって。「起きなさい」って体を揺すっても顔を上げようとしない。「眠いならベッドで寝てきたら」ときつく言ってもじっとしたまま。いつもならここで反発するのに。ちょっと心配になって、「どうしたの」って妹の頭に手をやって顔を見たら、真っ白というか、全く血の気がなくて触った頬も冷たかった。妹は「頭が痛い、吐いた」とつぶやいてまたテーブルに顔を伏せる。「どうしたの、何?」って聞いてもまるで力が抜けたみたいにぐったりして体を動かさず、私はどうしていいかわからなくて、あわてて母の勤め先へ電話した。

何が何だかわからない私の話では母だってどうにも答えようがなかっただろう。「飯塚先生とこへ行きなさい。何かあったらまた連絡して」と母は言った。

千帆を立ち上がらせようとしたけど全然動こうとしないので、もう諦めて近所の飯塚内科へ電話をした。先生に妹の状況を話したら、動かさないでいい、すぐ行くからと言ってくれた。それから先生が来て妹の様子を見て「救急車を呼びなさい」って。

車の中で担架の上の千帆を見ても、何だかテレビドラマの一場面を見ているようなふわふわとおかしな感じだった。

妹は脳腫瘍だった。

検査の途中で意識がなくなった。昨日まで私と同じ普通の子どもだったのに、妹はこの日から体のあちこちにチューブを付けて眠ったまま何もしゃべらない特別な存在に変わった。

病院で担当の医師に「何で、どうして千帆が脳腫瘍なんかになるんですか！　どうして！」って大声で食ってかかっていた母を覚えている。そんな場でも私は母の側でぼーとしていただけだった。千帆が病気になった、重病なんだ、そう思っただけ。千帆が死ぬなんて少しも頭に浮かばなかった。

妹の入院で、わが家はすっかり変わった。父はどんなに仕事で遅くなっても必ず病院へ立ち寄り、夜中に帰宅することが多くなった。母はパートを辞めて病院に泊まり、週末は父が替わった。そんな中で私はみんなから取り残され一人ぼっちだった。両親が妹のことで必死なのはわかっているのに、自分はどうしても妹の病気に現実感がなかった。両親のようにせっぱつまった気持ちになれなくて、こんなのおかしい、何か変だ、夢を見ているようだ、と奇妙な気分で毎日を過ごしていた。それでも妹が病気になってからは友人たちと大声で笑い合っても、どこか私は冷えていて、心底からはみんなに乗り切れないところがあり、チューブを付けて眠っている妹がいつも自分の隣にいた。

バレー部は妹が退院するまでお休みさせてもらい、毎日学校が終わると病院へ行った。

あのとき、私は妹がかわいそうだとか、見舞うという気持ちで病院へ行ったのではなかった。妹は生きているのにずっと眠っている。病気の様子をしっかり見ておいて、元気になったら、「千帆ったらさー、目をつむって寝ているのに時々表情が変わって気味悪かったよ」っていろいろ話してやろうと思っていたからだ。

四月、新学期が始まっても妹の状態は変わらなかった。意識が戻らず昏睡状態が続いた。

それまで私にまとわりついてくる妹がうっとうしくて、背中から覆いかぶさるようにして話しかけてくる千帆を「ちょっとあっちに行ってくれない？」と邪険にした。そんなとき千帆の言うせりふはいつも決まっていた。「お姉ちゃん、こんなに可愛いい妹に冷たくしていいの？　後から後悔するよ」という脅し文句だった。しつこいぐらい私の周りでウロウロしていた千帆が眠り人形になってしまった姿に、結局私は最後まで慣れなかった。

五月の連休は私が病室に泊まった。長椅子で寝ていると時々スースーという寝息が聞こえてくる。ただ普通に眠っているだけで明日の朝はひょっこり目覚めるのではないかと期待し、でも朝になっても目を開けない千帆にがっかりするという繰り返しだった。

連休の最後の日は鞄や制服を持ってきて、翌日は病院から学校へ行くことにした。

朝、制服に着替えて鏡の前で髪をといていたら、背後から「お姉ちゃん」と聞こえた気がした。まさか、と思って振り向いて千帆を見ると目をつむって眠っている。違ったと思って髪をとき直した。それからベッドの脇の床に置いてあった鞄を持ち上げて体を起こしたら、また「お姉ちゃん」と聞こえた。今度は千帆の口が少し開いていた。確かに千帆がしゃべったのだ。

「千帆、わかるの、わかるの？　私のこと、わかるの？　お姉ちゃんだよ」

「お姉ちゃん、学校遅れるよ」

ぼそっと千帆が言った。

「千帆、千帆、ちゃんとわかるの？　お姉ちゃん、ここだよ」

私が千帆の顔の真上から話すと、千帆はちょっと唇で笑ったように見えた。「千帆、千帆！」と私はもっと大きな声を出したが、千帆は眠り人形に戻った。

私は千帆がしゃべったことがうれしくて、すぐ家にいる母に、「千帆がしゃべったよ」と電話した。でも母は「夢でもみてたのかしら、あの子」と落ち着いていた。私一人が興奮しているみたいで寂しい気持ちになったが、後で思えば両親はもう妹は助からないと先生から言われていたのだろう。私が知らなかっただけだと思う。

歩いて十分の中学へ行く妹は、電車とバスで一時間かかる高校へ通う私を毎朝、遅刻するのではないかと心配してくれた。ゆっくり朝食を食べていると、「お姉ちゃん、学校遅れるよ」。トイレに入っているとドアをノックして「お姉ちゃん、学校遅れるよ」。いつも私に甘えている妹が、この言葉を言うときだけは保護者みたいな口調だった。

一瞬目を覚ましたのかと思った千帆の言葉。妹が最後に私に話しかけてくれた言葉が「お姉ちゃん、学校遅れるよ」だった。

五月二十一日。中間テストの最後の日。

午後、教室で友達と次の試験の山をあてっこしていたとき、担任の先生と教室の扉のガラス窓を通して目が合った。私に用事だと思って廊下へ出ると、先生が「今、お母さんから電話があって、妹さんが亡くなったって。試験、延ばしていいぞ」と言った。私は「はい」とだけ返事して、急いで病院へ向かった。

妹が死ぬとは想像していなかったのに、先生から「亡くなった」と聞かされたら、スーと心が静かになったのは何故なのかわからない。私が毎日病院へ通ったのは元気になった妹といろいろな思い出話をするためだから、死んでしまったならもう話し相手にならない。そう思ったからなのかもしれない。

白い布を外して見た妹の顔は子どもから大人になっていた。私の目をじっと見て、向かってくるように元気におしゃべりする千帆とはすっかり変わり、穏やかで落ち着いた大人の女性、まるで私のお姉さんになったみたいだった。

私はちょっと泣いただけだった。父や母のように目が腫れて瞼が目にかぶさってしまうほどは泣けなかった。悲しいという気持ちではなくて、「なーんだ、死んじゃって」というがっかりした気持ちが本当だと思う。十六歳の私は、妹が死んだことを自分の人生にそんなに大きな意味はないと思っていたのか、そんなことを考えるほどの余裕もなかったのか、あるいは死んだということで混乱していたのだろうか。もう思い出せない。

妹の死後も一日、一日と年月が過ぎ去り、妹を思い出すことが段々少なくなり、忘れるまでになった。お墓参りに行ったときぐらいしか、妹の話題を自分から持ち出すことはなかった。

3

「お姉ちゃん、どうして私は十四歳で死んだか、わかる？」

妹は私に大きな宿題を残してあの世へいってしまった。


大きな水槽にいろいろな種類、様々な色の金魚がうじゃうじゃとあふれるほど泳いでいる。その水槽を取り囲み金魚鉢が幾つも置かれている。時々、神さまか何だかわからないけど、大きな水槽から柄杓で金魚をすくって周囲の金魚鉢に振り分ける。

金魚たちは金魚鉢という狭い限られた場所で泳ぐから、折にふれて金魚同士ぶつかり合ってしまう。ひょっとしたら、それが縁というものかもしれない。金魚は決して別の金魚鉢へは移れない。もし他の金魚鉢で泳ぎたかったら、一旦死んで金魚鉢から出るしかない。自然死でぷかぷか浮かぶ金魚もいるが、時々勢い余ったのか、自分から鉢の縁を跳び越そうとして死ぬものもいる。死んだら、振り分けてくれた何かが、生命が与えられる大きな水槽に戻してくれる。そこで再び生命力をもらって泳ぐ。するとある時期がくると、柄杓でどれかの金魚鉢に振り分けられる。

妹はもう私たちとは別の金魚鉢で泳ぎ始めているかもしれない。私の妹ではなく、私たちの父と母ではない別の両親の子になって。

生命があるから私たちは生きている。生命のマジックがなくなれば、あっけらかんとあの世へいく。

この世界にはどこかに死んだ人の痕跡が残っている。一旦生まれたものが足跡を消さずに何もなかったように消えるのはとてつもなく難しいことだと思う。目に見えないものだってどこかに存在する。どこかに形を変えて、どこかに成分を薄めて、どこかに気配だけを残している。日頃は少しも思い出さない千帆が際限なく私の中から出てくる。一体私は今までどこに千帆をしまっていたのだろう。またいつか何かの際に思い出すだろう。妹の死んだ日が昨日のように蘇るだろう。でもそれができるのは私がこの世で生きていて、千帆は死んでいるということ。

妹の死をこんなふうに想像するようになったことを信彦には話さない。信彦と私は同じ金魚鉢で泳いでいたから会うことができた。それに信彦は信彦で、誰にも足を踏み入れさせない、計り知れない何かをきっと持っているだろうから。

「さっきはごめんなさい。突然結婚なんて言うんだもん、びっくりしちゃった。あれって正式なプロポーズなの？」

信彦に電話しよう。できるだけ明るく。少しふざけた感じで。

妹の写真を一枚ずつ、また透明フィルムの中に入れ、アルバムを引き出しに戻した。

アヴェ　マリア

二月、僕らは離婚した。

決して落ち込んでいるわけではない。ただ旅がしたいだけだ。そう自分に言い聞かせてみたが、心の奥底では晃子《あきこ》から少しでも離れたかったことは確かだった。

僕は大学で哲学を専攻し、大学院で博士論文を提出し修了したが、就職先は見付からなかった。一般企業に勤める気はなく、どうしたものかと多少あせり気味になっていたところに、知人から女子短大の教養科目で非常勤講師の職を紹介された。それまでやっていた予備校講師のバイトも並行しながら、短大で教え始めた。

その短大の学生課で働いていたのが晃子だった。教授や職員たちとの食事会でたまたま彼女が僕の隣に座った。それから親しくなった。てきぱきと事務を処理し、明るく前向きに生きる彼女に憧れを持ったし、一緒に人生を歩くのも悪くないと判断したのは割と早い時期である。晃子の方は時には世界の先人たちのことを面白おかしく説いて聞かせる僕の話術にはまったのかもしれない。

結婚した時、僕は二十九歳、晃子は二十六歳だったが、収入からいえば彼女の方が世帯主だった。晃子はまるで僕の姉のようだった。

「ほらね、洋一《よういち》はすぐどっちでもいいって物事を投げ出すでしょ。学問では突き詰めて考えても、日常生活だと面倒くさがって投げやりになるんだから。だめよ」と笑いながらたしなめられると、僕は彼女の弟から今度は小さな子どもになった。

僕は週に幾つもの授業をこなし、また別の短大でも教え始めた。それでも収入は晃子より少なかった。晃子は「出世払いね」と言い、生活費を負担することを何とも思っていないようだった。僕にはそう見えた。彼女に二人の暮らしを任せていたが、だからといって僕は卑屈にならんかならなかったはずだ。結婚した二人のどちらが生活費を多く稼ぐかはお互いに納得していればいいことだ。そう考えていたのは僕だけで、彼女の本音は違っていたのだろう。

わずか二年で僕たちは終わった。

終わらせたのは晃子だった。そう仕向けたのは僕かもしれない。


チェコ共和国の首都・プラハ。この街がどんなに美しいかは噂に聞いていた。

ロンドンに駐在中の新聞社の友人は、週末に夜行バスで何時間もかけてプラハへ行ったと絵葉書を送ってきた。市内のレストランでアメリカ人女性と知り合い、名物のプルゼニュビールで夜を飲み明かしたこと、泊まったホテルの親父が面白かったからお前も泊まれ、と住所と電話番号まで書き添えてあった。絵葉書にはヴルタヴァ川沿いに赤茶色の屋根の家々が並び、その向こうにプラハ城が、手前にあの有名な石積みのカレル橋が小さく写り、僕に中世の街を歩いてみたいという思いを募らせた。

大学で僕と同じ講師をしている詩人は、「プラハはヨーロッパ一の美しい貴婦人だ」と彼らしい描写で勧めてくれた。

プラハの空港に着いたのは夕方だった。

外へ出ると、四月も終わりなのに風が頬を突き刺すように当たる。タクシーで市内へ向かう。薄もやに煙る街は明るさをほんの少しだけ残していた。通りを行き交う人たちはゆっくりと歩く。トラムと呼ばれる路面電車に走って飛び乗る若者が街に活気を与えている。そう見えてしまう僕はもう彼らの仲間ではないのだろう。

車は通れないから、と表通りでタクシーを降ろされた。すぐ近くにホテルはあるはずなのになかなか見付けられない。石畳の狭い道は真っ直ぐのようだがいつのまにか曲がっているのだろう。振り返ると歩いて来た道がなかった。ホテルを探そうと違う道を選んだつもりがまた同じ建物の前に出てしまう。おい、しっかりしろよ、と自分にかつを入れようと姿勢を正したら目の前にホテルがあった。ホテルの隣がレストランで、そのネオンに気を取られて入り口を見過ごしていたのだ。

旅行代理店で「古くて小さなホテルを」と頼んだ通り、こぢんまりとしたホテルだ。一階にはフロントとコーヒーショップしかない。フロントの若い女性が余計な笑顔を見せないのがいい。僕の部屋は最上階の四階で屋根裏部屋かと思ったぐらい天井が低かった。前もって支払った金額からするとプラハはホテル代が高い。コーヒーショップで軽く食べ、シャワーを浴びるとすぐベッドに入った。


鐘の音が鳴り響く。

どこから聞こえてくるのだろう。僕は細い道を歩いている。遠くに地平線が見える、草木も生えていない広々とした砂地だ。ぞろぞろと前方を連なって歩いている人たちに追いつこうと速歩にするが、なかなか近付けない。直線の道から足を踏み外さないよう、僕は神経を使っている。ここは一体どこだ、と首を回したら目が覚めた。ベッドの中だった。

「プラハか……」思わず呟く。

午前七時だ。教会の鐘が聞こえる。

一年前の同じ頃、僕は晃子の実家でのんびりと五月にかけての連休を過ごしていたのではなかったか。

今、僕はプラハで朝の柔らかな日差しを浴びながらホテルの部屋の天井を見つめている。

「教会で式を挙げたいのよ。いいでしょ？」

晃子は目を輝かせた。

「何もそんなところでわざわざ挙げなくたって。君はクリスチャンじゃないだろう？」

「別にクリスチャンじゃなくたっていいのよ。ステンドガラスにパイプオルガン、私ね、ずっと憧れていたのよ。教会でヴェールの長いウエディングドレスを着て結婚するの」

「僕は教会なんて嫌だよ。君は神を信じているのかい？」

「ちょっぴりね。何かあったら、神さま、お願いって頼むわ」

「わかるだろう。僕は神を信じていない。僕みたいな考えの者が教会で式を挙げるなんて不謹慎だよ」

「大丈夫よ。神さまは心の広いお方なのよ。信者でなくても、よくぞ教会に来てくれましたって祝福してくれるわよ」

「僕は神の概念に踊らされる人間とは一体何者なんだって研究しているんだぜ。その僕が教会で結婚しますって？　ちゃんちゃらおかしいよ」

僕たちは何度も口論した。どうしても納得しない僕に、晃子は「あなたは私と本当に結婚したいの？」とまで言ってきた。とうとう僕の方が折れた。一時間にも満たない式だ。僕は教会で新郎の役を演じよう。それで晃子の長年の夢が叶うなら、神さまだって僕を咎《とが》めはしないだろう。

鐘の音が止んだ。

部屋の窓を開けると通りを隔てて教会が建っていた。冷たい風が入ってきてすぐにまた窓を閉める。


教会で神父が僕に問いかけた。

——永遠に愛することを神に誓いますか——。

永遠に誓いますって？　頭の中にいる神に誓うって？

——はい、誓います——。

僕は感情を入れず、さりげなく答えた。


「洋一は別に私じゃなくてもよかったのよね。自分を黙って受け入れてくれる人であれば誰でもよかったのよ。でもね、あなたは笑うでしょうけれど、私は二人三脚のように一緒に生きていける相手が欲しかったの。あなたは私の隣で上の空で生きているわ」

別れを決めた夜、晃子がこう言い、僕は目が覚めた気がした。

僕は頭の中の世界に没頭していた。そのくせ、生活の基盤を彼女の収入に頼っていた。砂上の楼閣に住む頭でっかちの男だ。

「私はあなたに何度も言ったわ、毎日の生活は理屈じゃないって。あなたが言う正論よりも、私は夕日が沈むのを並んで見る時間が大切だったの。あなたは私の感情を、ささいなことだ、と相手にしなかったじゃない！」

晃子の顔は紅潮し、目には強い怒りがあった。

別れたいと言ったのは晃子だったのに、僕が最後に家を出る時、彼女は涙ぐんだ。僕は、はぐらかされたような気になった。「大丈夫か？」と彼女に声をかけてドアへ向かった。僕の背に晃子の声がぶつかってきた。

「あなたっていつもそうだったわ。言葉を投げつけておいて、その結果に知らん顔をして行くのよ！」

振り返ろうか、もう一度彼女の顔を確かめようかと思ったがしなかった。外に出て静かに後ろ手でドアを閉めた。


プラハに来たといって何をするというあてもない。ゆっくり朝食を摂った後、これからどう過ごそうかと考えた。

「プラハか……」。今朝から何度も同じ言葉を発してしまう。まるで夢から覚めたらこの国へ運ばれていたみたいだ。僕自身が選んでこの国へ来たはずなのに。

プラハは〝ヨーロッパの音楽学校〟といわれている。「プラハの春」と呼ばれる国際音楽祭が五月に盛大に開かれることは知っていた。

そういえば、プラハ行きを勧めてくれた詩人に、「プラハの春はどうだった？」と尋ねたら、彼は、「今でもプラハの市民は誇りに思っているのではないかな。『プラハの春』は社会主義の国でも言論や集会の自由が認められるのかと大いなる希望を全世界に与えてくれたものだ。そんなにうまくはいかなかったけど。ただ私がチェコに行って思ったのは、彼らはおとなしいけれど、一人ひとりが信念を持っているという感じだな。静かなる情熱というか……」と、一九六八年から始まった政治的な事件の『プラハの春』について、とうとうと話し出す。僕は彼の勘違いを黙って聞いた。

フロントの女性にコンサートチケットの手配を頼むと、どんな音楽が好きですかと聞く。何でもいい、と答えたら、ここから選べ、と本を渡された。今夜だけでも公演の紹介がずらりと並んでいる。丁寧に見るのが面倒になり、Mozartとあったところを指で押さえた。

ホテルを出て歩き出す。石畳の道は靴の底からごつごつとした石の感触が伝わってくる。角を曲がるとクリーニング屋の前に出た。蒸気アイロンを動かす男、傍らでワイシャツを畳む女、二人は黙々と手を動かす。男の額にうっすらと汗が浮かんでいるが拭おうともしない。女は全く表情を変えない。そんな二人が窓枠の中で調和していた。ぼんやりと彼らを見ていたら、〝二人三脚の人生〟と言った晃子の言葉が浮かんだ。

僕は結婚にしっぺ返しをくらった。

結婚し、二人で暮らしても自分の殻の中までは侵食されないと思った。毎日の生活さえ晃子とうまくやっていければ、日常と観念の世界とは分離できると。けれど彼女はヤドカリの僕に気付いた。僕は理論で武装し、自分自身を何者からも傷つけられないようにした。いや、違う、僕は傷つくほどの人間としての感情を持っていない幽霊かもしれない。これまであふれるほどの感情を抱いたことがあっただろうか。

中学三年生の秋だった。

校内のバレーボール大会で僕たちのクラスは決勝戦でフルセットの末、惜しくも敗れた。わずか一点差である。表彰式が終わり、教室に戻るとみんなが優勝できなかったと嘆く。ワーワーと級友たちが騒いでいる中で、僕一人が一番後ろの席で本を読んでいた。

「お前、悔しくないのか。たった一点だぞ。よく本なんか読んでいられるな」

僕の方こそ、結果が出た試合にいつまでもこだわっているなんて、と思った。

「もう終わったことだ」

そう言ったら、「何だ、その言い方は！　お前はロボットかよ！」と肩を突かれた。

子どもの頃から、僕は生きていることが現実のこととは思えなくて、自分は足が地についていない幽霊みたいだと思っていた。僕がこの世から消えてしまったって何も世界は変わらないし、自分が消えたと思う自分もいなくなる。幽霊の自分が考えていることは何になるのだろう。生きる土台を現実生活に求めても不安だった。それならどこに僕の生きる道はあるのだろうか。大人たちはどうして毎日、何事もないような顔をして平気で暮らしているのだろう、死ぬのがわかっているのに。少年時代、僕はずっとそう考えていた。

高校一年の夏休みだ。たまたま立ち寄った本屋で手に取ったのが「哲学道場入門」だった。パラパラとページをめくっていたら、目に飛び込んできた言葉があった。もしかしてこれは僕に向かって言っているのかと思った。「哲学は難しい学問ではありません。あなたが生きることに不安や疑問を持つなら、その質問を哲学者たちに尋ねてみましょう。そこから哲学は始まります」。そうだ、この世界なら僕が生きていっても他の人たちの迷惑にはならないだろう。

広い通りの両側には時代を感じさせる建物が並んでいる。どの建物にも何かしらの彫刻が施されていて、つい足を止めて見入ってしまう。見上げると目に留めにくいところまで天女のような女性が蔦《つた》のごとく絡まっていた。眺めていたら、通りがかった年配の男性が僕の肩を叩いて笑いかけた。どうだ、美しい女性だろう、とでも言いたげに自慢そうに彫刻を指差す。僕は頷いた。

車止めの柵を越えると急に細い道になった。道の両側に土産物屋が並んでいる。行き止まりかと思ったら突然視界が開け、広場に出た。

ここが昔からプラハの心臓部だった旧市街広場か。様々な歴史的事件の舞台となった場所だ。石畳の広場をカフェやレストラン、土産物屋が取り囲んでいる。仕掛け時計の前に人だかりがしているから、そろそろ人形が出てくるのだろう。

広場中央、円形の高いところに像が立っていて、周囲にはベンチが置かれ、大勢の人たちが集まっている。あの像は十五世紀の宗教改革の先駆者だったヤン・フスと仲間たちだ。彼は異端として火あぶりの刑にあった。その時代は自分自身の考えを表明することは自分の命と引き換えだったのだ。それでも彼は自分の信念を覆さなかった。フス像へ上がる階段にも人々が腰を下ろして休んでいる。歩き疲れた観光客のいい休憩場所になっている。彼らの脇を上がり、間近にフスの顔を見た。気弱そうな男だ。そんな彼が自分の思想を曲げずに闘ったのか。

僕は人生と一度でも闘ったことがあるだろうか。いつも歩きやすい道ばかり探していたのではなかったか。


モーツァルトのコンサートはなかなか面白かった。

劇場の外観は他と変わりない石造りだったが、内部は木目の壁で、ロビーの長椅子や座席は色を深紅で統一し華やかだ。いかにも正装したロングドレスとタキシードの年配のカップルに交じって、ジーンズの若者たちや一見女性かと見間違うような長髪の青年がピンクの派手なシャツを着ていた。普段着姿の人たちもいて、セーターの上にトレンチコートを羽織ってきただけの僕でも肩身の狭い思いをしなくてすんだ。

客席のほぼ八割は埋まり、僕の席は真ん中辺りで見やすかった。天井画のふくよかな天使たちを眺め、ガラスのシャンデリアの微かな揺れに目を凝らしているうちに幕が上がった。

モーツァルトの曲を演奏するのだと思っていたら、当時の人々に扮装して踊る人たちが出てきた。男女ペアだったり、ラインダンスのように一列になったりして踊る。若い人たちがほとんどで衣装は似合っていたが、ウエーブのかつらはいかにもとってつけたようで違和感があった。踊っていた男の一人がかつらのずれが気になったらしく、頭に手をやって直したので会場からドッと笑いが起こった。

思わず隣の席の初老の男性と顔を見合わせ笑い合う。幕間に彼と話す。彼も旅行者で、コロンビアから来たカルロスと名乗った。

コンサートが終わり、僕らは彼の勧める酒場に立ち寄った。

カルロスはコロンビアの大学で英語を教え、退職後はこうして旅を楽しんでいるそうだ。数週間同じ土地に滞在し、アパートを借りるのが旅行を安くあげるコツだと教えてくれた。

僕が短大の講師で全員が女子学生だと説明すると、「何だ、君はハーレムにいるのか。羨ましいよ」と驚かれた。

ハーレムなんてものじゃない。女子学生は授業中におしゃべりするし、携帯電話のメールを打つ。髪の枝毛を切っては床に捨てる。腹の立つことが多いと反論すると、彼は「君は若い、若いよ！」と笑った。「一生懸命に話をしてるんです。何時間もかけて準備をし、質問の答まで用意して身構えているのに」と加えると、「君は教師としての責任を果たす講義をすればいいじゃないか。それ以上、学生に期待も義務もないよ」とあっさりしたものだった。

カルロスはその店の若い女性スタッフに気があるようで、彼女が僕たちの前を通る度に声をかける。七十歳近いというのに僕よりも積極的に女性の関心を引こうとする。

「成人した息子が二人いる。もう女は妻だけで十分だと思ったけど、こうして若い女性を見るとやっぱりいいね。見てごらん、ほら、あの子の、あの胸の線。いいだろう？」

僕が離婚したばかりだと告げると、「別れは終わりだ。終わらない芝居は困る。君は一つの芝居に出演し最後まで演じた。幕はもう下りたのだから君は自由だ。すぐ次の芝居に出るためのトレーニングを始めなくてはな」とウインクした。

それから数日、僕はプラハの街を歩き回った。晃子との二年間で僕は何が変わったのだろうか。何も変わっていないと思い当たった。これは僕の強さでなく、弱さかもしれない。変わることを恐れる弱さだ。

その日の夜、僕はホテルの隣のレストランで食事を済ませた。友人の葉書に書いてあったプルゼニュビールを注文し、ホイップのこくにうなった。

外に出ると小雨が降っていた。石畳は程よく湿り、靴音が柔らかく響く。

カレル橋は午後九時を過ぎても大勢の観光客であふれていた。橋の両側には何体もの聖像が並んでいて、昼間は彼らの顔を見て歩いた。どの顔も真面目そのものだった。人生を楽しんだ顔ではなく、苦難を耐えしのび、重りを引きずりながら生きた人たちだ。

ライトアップされたプラハ城は闇の中に浮かび上がる巨大な砦だ。橋の欄干にもたれてぼんやりしていたら、若い男女に声をかけられカメラを渡された。橋の中央に出てファインダーをのぞく。フラッシュの中に肩を抱き合う笑顔の二人がいた。


雨が上がった。

夜空に輪郭のはっきりしない月が出ている。

路地を通り抜けて旧市街広場へ行く。こんな時間でも相変わらずヤン・フス像の周りに人が集まっていた。若者たちが肩を組み歌っている。彼らの歌声を背中で聞きながら広場を横切り、角の店を曲がろうとして、ガラス窓の前に立っている女に気付いた。

彼女はヴァイオリンケースを足元に置き、楽器を肩に載せ空を見上げている。短い金髪の髪が広い額にかかり、大きな瞳には静けさと同時に意志の強さが表れていた。快活な少女のような生き生きとした頬は光が当たったように輝いている。黒色のセーターを着ているせいかなおさら顔が白く浮き立つ。ほっそりとした体で真っ直ぐ立っていた。

彼女は一歩足を引いた。突然ヴァイオリンが鳴り出した。

僕は足が石畳に接着剤でくっつけられたように動けなくなった。この曲は聴いたことがある。確かチェロ奏者が弾いていた。

寂しく切ない音だった。それなのに静かな音色の底に、これだけは譲れないという張り詰めた厳しさが横たわっている。彼女は目を閉じたり、時折遠くを見つめたりしながら、音を生み出していく。馴染みのある曲が生まれ変わったようだ。曲の終わりは余韻を残すことなく、さっと弦を止め、前方を見つめた。

僕はもう目を離すことができなくなった。

彼女は指で頬の髪を触った。パラパラと拍手が起こった。僕も手を叩いた。足元のケースに数人がお金を入れに行った。僕は彼女の側に誰もいなくなるのを待ち、それから彼女の正面に立って瞳を見た。茶色の瞳が左右にゆっくり動く。目の前に僕が立っているのに、僕の背後の暗闇に視線を合わせている。

彼女は目が見えなかった。まるで荒野にたった一人で立ち尽くしているという感じだった。背景が消え、ただ彼女だけがポッと浮かび上がっている。急に僕は彼女を抱き締めたくなった。そうする代わりに僕は力を入れて自分の腕を体の脇に押し付けた。

「ありがとう」と日本語で言い、「Thank you」と英語で言い直した。

彼女の表情が一瞬に変わった。白い頬に赤みが差し、何かに驚いている。僕を探すように視線をあちこちへと動かす。彼女の目の動きについていったが、僕たちの視線は交わることはなかった。

僕はヴァイオリンケースにコインを入れ、もう一度「Thank you」と声をかけた。今度は彼女の顔が蒼白になり、フワッと右手を空中にかざして僕を捕まえようとした。僕はどうしていいかわからず一歩退いて、彼女の右手が目の前で揺れるのを見ていた。

小柄な男が彼女の近くでしゃがんでケースの中のお金をそろえ出した。そうか、彼女は一人じゃなかったのだ。男は老人とまではいかないが若くはなかった。髪は白髪だったし、着ているツイードのジャケットは明らかに古そうで袖がほころびていた。ホームレスと間違えられてもおかしくない。男は彼女を手助けしているのか。男は僕をじっと睨むように見る。僕は「Thank you」と礼を言った。男はすっと目をそらし、何も答えず、ケースの中を空にして彼女の側を離れた。

彼女が再びヴァイオリンを肩に載せ、勢いよく弾いた。

僕は壁にもたれて彼女の演奏を聴く。彼女が紡ぎ出す音色は線が細く消え入りそうだった。それなのに一つひとつの音が生きている。一音だけで独立した音が次の音と鎖のように次々と連なり、音の波が舞っていく。

偶然だ。

偶然に僕はこの場に通りかかり、彼女の演奏に出合ったのだ。いや、本当に偶然なのだろうか。何者かが、何かが、この場所に僕を立たせようと運んでくれたのではないだろうか。こんな思いが湧き上がり当惑した。

僕はできるだけ理性的に、論理的に、「人間とは」「生きるとは」「人がこの世に存在するとはどういうことなのか」を考える。これまで根拠のない、一時の感情に溺れたり、振り回されることはないと思って生きてきた。でもこのときの僕は、今この瞬間、ここにいることが途方もなく不思議な出来事のように受け止めていた。

プラハ、四月の夜。ガラス窓の前で演奏する彼女。石畳の広場に響き渡るヴァイオリンの音色。僕の隣で腕組みしながら目を閉じて聴いている中年の男、その向こうで母親の腕に抱かれて眠っている幼子。手をつないで体を寄せ合って耳を傾けている若い男女。月をおおい隠そうと揺れ動く夜空の雲さえも、この時間を、この場を構成している。ここにある何かが一つ欠けてもこの瞬間は生まれない。全てが不可欠だった。そしてその中に僕がいる。

二度目の演奏が終わった。拍手が起きた。僕はしばらくこの場の余韻を全身に沁み込ませたくて動かなかった。あの小柄な男が彼女からヴァイオリンを受け取りケースにしまった。これで演奏は終わりらしい。

僕は彼女にもう一度近付き、「ありがとう、Thank you」と繰り返した。それ以上言葉が続かなかった。

彼女は微笑み、遠くの闇を見ていた。僕は彼女の瞳を見つめた。数秒間か、数分間だったか。それから僕は「さようなら、Good by」と告げた。彼女を抱き締めたいという衝動はもう抑えることができた。ただ、乱れた髪を僕の指でとかしてあげたかっただけだ。

彼女がまた右手を伸ばして僕を探した。今度は僕は思い切って一歩踏み出し、彼女の右手を両手で包んだ。手は冷え切っていた。僕の顔を捉えようとして左手を泳がせた。僕は手を僕の頬に持っていった。彼女の両手が僕の髪を、額を、眉を触る。彼女の指が僕のまぶたの上を滑る。目尻の涙をぬぐってくれた。朝剃った髭がもう伸びてきている。頬を触りながら、ふっと彼女が微笑んだ気がした。僕も唇の端で笑った。僕の唇の上で彼女の指が遊ぶ。彼女の手の感触がなくなり、僕は目を開けた。

僕が二、三歩彼女から離れた時である。

「アーヴェー　マリーアー……」

彼女が突然、歌い出した。まるで満天の星が輝いているかのように、瞳を大きく開き、喜びにあふれた表情で歌う。高い澄んだ声が僕の皮膚から静かに体の中まで入ってくる。

涙が止まらないのは何故だ。僕の中のもう一人の自分が呆れている。わからない。今、こうして、この場にいることで満ち足りて、体の奥から泉が湧き出てくるようだ。ただ彼女を眺め、ただ彼女の歌を聴いているだけなのに。

その時、彼女の、ましてや彼女の傍らにいた老人の心のつぶやきは僕には聞こえるはずもなかった。

——マリアさま、今、私はとても幸せです。もう二度と耳にすることはないと思っていた声を聞くことができました。あの声は死んだ彼でした。いいえ、彼と同じ魂を持った人。あの人は泣いていました。どうして悲しんでいるのでしょう。こんなにも光あふれた世界で生きているのに。けれど、きっといつかあの人にもわかる時が訪れるでしょう。〝生きて在る〟、それがどれほどの神の愛であるかを。恵みあふれる聖マリアさま、あの人をお守りください。私の歌をマリアさまに捧げます——。

——おや、どうしたんだ。この曲を彼女が歌うなんて。あの葬式の日、恋人の棺に向かって歌った曲だ。

あいつだ。あそこの壁にもたれている男だ。奴は東洋人だ。奴が彼女に声をかけた時、俺はドキッとしたぜ。奴の声はあの死んだ恋人の声にそっくりだったからな。恋人の声はアルプス山脈から流れ出る雪解け水のように透き通っている、という評判だった。こんなことってあるのか。俺はすぐ彼女の顔を見たぜ。赤くなっていた。

この場にいる観光客は誰も彼女が歌劇場の歌姫だったとは思わないだろう。いつもはヴァイオリンを弾くだけだからな。けど、彼女は昔、オペラの主役を演じる歌姫だった。そして恋人の彼が舞台でも恋人役だった。俺はいつも天井桟敷で彼女から目をそらさずに見つめていた。いつか俺が彼女の恋人になりたいと思ってたな。

あの事故の日、俺は三階の一番後ろで見ていた。

プッチーニのオペラ『ボエーム』の第四幕だ。死を前にしたミミが恋人のロドルフォと手を取り合って歌っている場面で、突然天井からライトが落ちてきた。「ギャー！」と叫んだ彼女の声はどこからそんな声が出るのだと驚くほど恐ろしい声だった。俺はぶるぶる震えたぜ。俺がせっせと働いていたのも劇場で彼女を見たい、それだけだったもんな。彼女が死んだら俺はどうしたらいいんだろうと一瞬頭を抱えたぜ。

数日後に、ロドルフォの彼が頭の骨をやられて生死をさまよい、彼女は目が見えなくなったらしい、という噂を聞いた。

しばらくして、亡くなった彼の葬儀が劇場で行われた。俺も歩道で大勢の人たちに交じって立っていた。

劇場の正面玄関でチェロやヴァイオリンの演奏が始まった。厳かな曲に合わせるかのように、黒い服の男二人がゆっくりと劇場の扉を開けた。深紅のカバーを掛けられた棺の端っこが見えた。その時だ。付き添われて階段に並んでいた彼女が突然『アヴェ　マリア』を歌い始めた。

楽器を弾いていた人たちが困ったように顔を見合わせ、そして演奏を止めた。彼女の歌声だけが通りに響いた。彼女はただ前を見て歌っていた。泣いてなんかいなかった。すごいもんだぜ、堂々と歌ったんだ。俺が長い間聴いた彼女の歌で、あれは最高だったな。あの日を堺に、俺が劇場へ行くことはなくなった。

俺はプラハを離れてドイツへ行った。向こうで働いた。一度もオペラなんか見なかったぜ。久しぶりにプラハに戻り、旧市街広場を歩いていたら彼女がいたんだ。俺にはすぐにわかった。一人でヴァイオリンを弾いていた。びっくりした。華やかさは消えてしまっていたが、やっぱり彼女だ。髪を短く切ったせいか昔より若くなったようだった。化粧をしていないからな。でも大きな瞳で遠くを見つめる癖は昔と同じだ。うれしかった。生きていてくれたからな。

俺は彼女が時々戸外で演奏するのに付き合うようになった。「歌わないのか」と一度だけ尋ねたことがある。「歌はもうやめたの、今はこうして弾きたいときに好きな曲を演奏するのが楽しいわ」。そう答えた。彼女は過去について何も語らない。俺はわかっている。彼女が彼を思い続けていることをな。でも彼女はそんなことは絶対に言わないし、毎日を丁寧に生きている。涙を見せるなんてないしな。

それが今夜はどうしたんだ、急に歌い出して。やっぱりあの東洋人のせいだ。でも俺は奴なんか気にしない。彼女が歌うなんていいことじゃないか。生きてるんだもんな――。

たった一週間プラハに滞在しているだけなのに、僕はすっかりこの街の住人になった気分だ。ホテルの隣のレストランでは席に着くと頼まなくてもプルゼニュビールが出てくるようになった。僕が次の注文をするまで声をかけずにそっとしておいてくれる。それが彼らのサービスだ。手を上げるとメニューを持ってくる。料理は全ておいしいからあなたが食べたいと思うのを選べばいい。自信たっぷりにいつも同じ説明をする。

五月になった。たった一日で季節が進むはずはないのに風が頬に優しい。原っぱのタンポポの黄色が急に増えた気がする。

プラハ最後の日。僕は行き先を決めずトラムに乗り、気が向くと途中で降りて歩いた。興味を引く絵が飾られている小さなギャラリーをのぞいた。すれ違う子どもと笑い合う。

「カフカ」という名のカフェに入った。こげ茶色の木のテーブルは長い間使われているのだろう、ナイフで傷付けた跡や名前が彫ってある。そうだ、カフカはこの街であのとてつもない奇妙な作品を書いたのだ。朝、目が覚めたら自分が巨大な虫に変わっていたという、あれだ。何だこれは、と思って読んだのは十代の頃だった。コーヒーに添えられた砂糖の袋に見慣れたカフカの顔があった。彼の顔を真ん中で破り砂糖を入れた。

もう僕はカフカに驚かない。僕自身が謎だらけの人間だ。

ホテルで二枚の絵葉書を書いた。

一枚は晃子あてだ。

「プラハに来た。以前、君と出かけたパリやロンドンとは違って静かで気品のある、控えめな魅力がある街だ。歩くとそれがよくわかる。君もいつか訪れるといい。この二年間、僕は君の人生を邪魔してしまった。悪かった。元気で」

プラハに行け、と勧めてくれたロンドンの友人へはこう書いた。

「プラハで盲目の歌姫に会った。微笑む彼女を見た。歌を聴き、ほんの短い時間を彼女と共有した。何だか僕は今、ありがとうと叫びたい気持ちなんだ。笑うか？　本当だ。でも僕は一体誰に、どこへ、この思いを伝えればいいのだろう。僕はプラハに恋をした、そして歌姫に。生きるぞ」と。

額紫陽花

テラスの鉢植えの額紫陽花に横なぐりの雨が降りかかっていた。激しい雨は時折ガラス戸にぶつかり、ビシャという音を立てた。

こんな悪天候の日に結婚式なんて。園田京子《きょうこ》はガラス越しに灰色の空を見上げた。親友の森下郁江《いくえ》の娘早百合《さゆり》が今日、式を挙げる。二十一歳になったばかりである。京子は彼女が生まれた時から知っていた。正確に言えば生まれて七日目からである。とすると、あの日からもう二十年が経った。

高校の同級生でいち早く結婚した郁江の血を受け継ぐかのように、早百合は短大卒業後、一年も経たずに結婚する。自分の娘とまでは思わないものの、成長していく早百合から何かしらの生命力をもらっていたと京子は思う。

早百合は高校二年生の時ハンドボールのインターハイに出場し、京子は郁江と長崎まで応援に行った。短大一年生で初めて海外で一ヵ月間ホームステイをするというので、心配した郁江に旅のアドバイスを頼まれたこともあった。早百合の二十年間にはさまざまな出来事がぎっしりと詰まっていただろう。それに比べて、自分の二十年間はレンコンのようなものだったかもしれない。穴から向こうの先が見通せる。

大学の国文科を卒業し、京子は二十四歳で結婚した。お見合いである。結婚までの道のりは順調だったのに、一緒に暮らし始めたら次第に歯車がかみ合わなくなった。結婚し、子どもを産み、家族で暮らす。そんな人並みの生活が自然に広がっていくだろうと予想していた京子の人生は、思いがけず二十代で変わってしまった。

一人になり、父親の知り合いの陶磁器を輸出入する会社に就職した。十人にも満たない会社で経理を担当ということだったが、入ってみれば事務所の掃除、倉庫の整理、来客用の茶葉の購入まであらゆる雑用が京子の仕事になった。それでも自分で働いたお金で生活することでやっと本当に自立したと思えた。両親、次には夫と常に誰かが防波堤になり、直接世間の風に当たることがなかった生き方と違い、全て自分の責任となる。一人暮らしの経験のなかった京子には、毎日が新鮮で緊張感があり、あっという間に月日が流れていった。

四十代に入ってからだろうか、帰宅後はしばらくソファで体を休めないと夕食の仕度に取り掛かれない。見向きもしなかった健康雑誌を買い、実際に試してみたりもするようになった。友人たちとの集まりで、子どもの受験や将来の進路についての話題が続くと、さて自分は何を話そうかと身構える。

最近では額紫陽花に向かって話し掛けている自分に気付き、ふと笑ってしまう。

ぼんやりとしていた間に雨足が益々強くなった。ガラス戸を開け、急いで額紫陽花を部屋に入れた。

＊

郁江を産院に見舞ったのは、梅雨の晴れ間に思いがけないほどの澄み切った青空を見せてくれた六月である。

部屋に入ってすぐ目についたのが壁に貼られた「早百合」と墨で書かれた半紙だった。

「あら、この名前に決まったのね」

京子は真っ先にこう言った。出産後は実家に帰らず、産院にできるだけ長くいて自宅に戻るという郁江はすっかりくつろいだ様子でベッドの枠にもたれて上半身を起こす。

「どう？　主人のお父さんが付けてくれたのよ。二人でいろいろ考えていたけど、この名前を見せられたらこれでいいかなって。もう最初からいい加減な母親になりそう」

「さゆり、さーちゃん、さっちんね。森下早百合、優しい子になりそうね。あっ、ごめん、おめでとうって言うの、忘れてた。ご出産、おめでとうございます」

「赤ちゃんね、今、看護婦さんのところなのよ。赤ちゃんの方が私より忙しいのよ、毎日体重や身長を測って。それが面白いのよ、ちゃんと少しずつ大きくなっているんだから」

「小さくなっていったらどうするのよ」

郁江の笑い声を久しぶりに生で聞き、京子は弾んだ気持ちになった。

しばらくして看護婦に抱かれた早百合が戻って来た。目をギュッとつむり、小さな両手のこぶしに力が入っている。ガーゼの寝巻きからはみ出した足が小さな体に不釣り合いなほど大きくて、つい京子は「立派な足ね」ともらしてしまった。

「でしょ。うちの人に似たみたい。足だけが大きいのよ。こういう足の子はどんなスポーツがいいかしらって話してるのよ」

高校の体育教師の夫と既にこんな会話をしているのかと京子は呆れた。「まだ生まれたばかりなのに、もう親ばかが始まったの？」と冷やかした。

ドアのノックに「はい」と返事をした郁江が、「あら、今日は大阪じゃなかったの？」と大きな声を上げげた。がっしりとした体格の日焼けした男性が入ってきた。捲り上げたワイシャツから褐色の太い腕が出ている。

ベッドに腰掛けていた京子はサッと立ち上がった。

「何よ、京子、わからない？　弟、義之《よしゆき》よ」

「えっあの、よっくん？」

「そうよ。ねぇー」と郁江は立っている義之の腕に手をかけ、体を京子の前に押した。

「うわっ、驚いた。もう大人じゃないの」

「当たり前よ。二十六歳になるのよ」

「ご無沙汰しています。姉がいつもお世話になっています」

義之はペコリと頭を下げた。大きな背中が京子の視界を占領した。

京子と郁江は女子校で二年生の時、一緒のクラスになった。当時義之は中学二年生で、京子から見れば子どもっぽい男の子だった。郁江の家へ遊びに行くと必ず二人の間に入ってきて、一生懸命駄じゃれを言って笑わそうとした。

「あんたね、私たちには大人の話があるんだからあっちへ行きなさい」と郁江が追っ払おうとしても、「姉貴、僕だってもう大人だよ。ほら、ひげ見て、ここに生えてるよ。ほら、ほら」と二人の顔に接触するほど顔を近付けてくる。「あのね、恥ずかしげもなく、そんなことをするのが子どもなの。わかった？」と郁江に言われていた。

ニキビ顔を京子に押し付けようとした義之が、大人になって目の前に立っていた。

「信じられないわ。へぇー、あのよっくんね」

「もう僕はよっくんじゃないですよ。ちゃんとした大人です」

義之が笑っている。笑うと目が極端に細くなって中学生のころの面影が蘇った。

「十年ぐらい会ってないはずよ。郁江の結婚式に出られなかったのよね、よっくんは。子どもから突然大人になってるんだもの、びっくりしたわよ」

「あの時は悪天候で飛行機が飛ばなくなってしまって。僕はデトロイトの空港で国際電話をかけたんだ」

郁江が結婚するころ、義之はアメリカの大学に留学していた。式で会っていれば、こんなにも義之の変わりように驚くこともなかったに違いない。アメリカに行っていた五年間、一度も会ってはいなかった。ちょうどその時期は京子も結婚、離婚と慌ただしくいろいろな出来事に翻弄されていた。時々郁江から義之の話は聞いていたものの、それは話の流れの一つに過ぎなかった。卒業後、自動車メーカーに就職したことは知っている。

中学生から一気に二十六歳になった義之を見て、驚きはなかなか消えなかった。

「義之ね、今は大阪なのよ。ちょっと京子、言ってやってよ。まだフラフラ一人で遊び歩いているんだから。いい加減に落ち着いたらどう、ってね」

「あら、そんなこと言えないわよ。私だって一人なんだもん」

「京子はいいのよ、一人でも。あんたはしっかりしてるし。義之はだめよ。おかしいのよ、まだ一度もガールフレンドを姉に紹介したことがないんだから」

「名前、決まったんだね」

話し続ける郁江を無視して、義之は郁江の腕の中の早百合の顔を覗き込んだ。

久しぶりに会った義之に車で送ってもらうことになったのは自然の成り行きだった。断る理由もなく、京子はありがたいと思って助手席に座った。余分な飾りもなく、車内はきれいに片付いている。ゴミか、必要なものか区別がつかない、と母親を嘆かせていた義之の部屋を思い出し、「こんなにきれい好きだった？」と京子は話し掛けた。

「ちゃんと車の掃除ぐらいしますよ。僕は自動車メーカーの模範社員ですから」

笑いながら義之は車を発進させた。

初めて義之の車に乗ったのに、京子はすぐに応接間のゆったりとした椅子に座っているような気分になった。振動を与えない運転は義之の穏やかな性格を表している。

京子には運転の仕方で男性を判断する傾向がある。親切で優しそうに見えても、いざ運転し出すと急ブレーキをかけたり、せわしなくハンドルを動かす男性は知人どまりで、決してそれ以上親しくはならなかった。そういえば元夫も運転は上手だった。道路を滑るように走らせる。道の譲り合いではほとんどの場合、相手を優先させる。好きな煙草も車の中では吸わなかった。車の運転では合格点なのに、結婚では不合格になってしまった。そうすると案外この判断方法もいい加減なものかもしれない。それに、不合格になったのは自分の方かもしれない。そう思うと、京子はくすっと笑った。

「何かおかしいですか？」

「よっくん、なかなか車の運転上手じゃない。これなら女性だってうまく操縦できるんじゃないの？」

「車と女性は違いますよ。それは京子さんの考え方が間違っています」

あっと思った。京子さんなんて名前を呼ばれたのは初めてである。最初に会ったころから義之は、園田さん、と必ず名字で呼んだ。

「今、京子さんって言った？」

「すみません、アメリカですっかり名前を呼ぶ習慣に慣れてしまって。上級生でも教授でもファーストネームで呼び合うんです。僕なんか、近所の四歳の女の子に〝ヨシ〟って呼び捨てにされてましたからね。でもこれに慣れるといい習慣だと思いますよ。アメリカ流ならキョウコなんだけどな。まぁー日本だから京子さんと呼ばせもらいます」

「で、私は……ヨシでいいの？」

「いいですよ」

「でもね、私はやっぱり、よっくんがいいな。何だか、よっくんって言うと、あの楽しかった高校時代に戻ったみたい」

「何でも京子さんの好きな呼び方で構いませんよ」

車の中は静かになった。義之に尋ねたいことはたくさんある。だが京子は中学生から大人へと突然変身した姿にまだ戸惑っていた。

「いろいろ聞きたいことがあるけど、大人のよっくんに会ったら気後れするわ」

「そんな。あの高校時代の京子さんはどこへいったんです。僕は随分苛められたな。姉貴と二人で僕をやっつけてたのに。ほら、スイカはいつも真ん中のおいしいそうなところを全部二人に取られたし、ケーキの飾りのイチゴやチョコはいつもなかったな」

「よく覚えているわね。ほんと、ごめんね。若気の至りで」

十年ぶりで会ったが、こうして昔話をしていると、隣で運転している義之はただ背が伸び、大人の顔の被り物を付けているだけで、中身は全く以前のままのような気になる。

話題が途切れると義之はCDをかけた。聞こえてきたのは昔流行したフォークソングだった。

「アメリカに行ってからですよ、いろんな日本の音楽を聴くようになったのは。専門のミュージックチャンネルが幾つもあって、一日中そのジャンルの音楽がかかっているんです」

「思い出したわ。よっくんって中学時代、演歌をばかにしてたでしょ。あんなのは恨み節だって。後悔や懺悔《ざんげ》のごちゃごちゃした心を歌にするのは恥ずかしい。表に出すときはきれいに濾《ろ》過《か》して、美しいものだけ出すべきだって。私ね、あの意見には感心したのよ」

「訂正しなくちゃいけないな。アメリカで日本の曲がかかると、それが童謡であろうと歌謡曲や民謡でも、日本語そのものが優しい響きに聞こえて。ああ日本はゆるやかで穏やかな国だと思った。僕のホームシックになるきっかけはいつも日本語だったな」

「よっくんがホームシックにかかったなんて」

「車を走らせて日本の曲を聴きながら、日本へ、あのおもちゃ箱みたいな国へ帰りたいってよく思った。アメリカは何でも大きくて自信ありげで、自分たちが世界の中心だと信じ込んでいる。それが時々暑っ苦しく思えて」

車は市内へ入り、信号で止まることが多くなった。

義之の運転は前後を護衛されて走るＶＩＰの車のように静かに走る。

「京子さんの住まいはどんなところなんですか？」

「ちっちゃなアパートよ。一旦実家を出ると、もう自分の城じゃないと落ち着かないのよね。親の家とあんまり近いと独立した意味がないし。仕事の関係の税理士さんから紹介してもらって。大家さんの敷地の一角だから、自分が世話しなくても、庭師が手入れする大家さんの庭を二階のベランダから眺められるのよ。贅沢だと思わない？」

「どんなところか見てみたいな」

「いいわよ。寄ってく？　コーヒーぐらい、飲ませてあげる」

「はい、いただきます」

笑って返事する義之の横顔を見て、思いがけなく誘いの言葉が出てしまったのを京子は自分自身で意外に思った。もちろん郁江は何度も京子のアパートに来ている。泊まったこともある。けれど男友だちの誰も京子の家を訪れてはいない。いいじゃない、親友の弟だもん、中学生の時から知ってるんだもん、とひとりごちた。

「すっごく狭いところだから驚かないでね、二部屋しかないのよ。それにきれいにもしてないからね。よろしく」

「いいですよ。僕たちは昔、はなたれ小僧の時代からの仲間じゃないですか」

「あら、そんな昔じゃないわよ」

何台かの車が追い越し車線に出て義之の車を抜く。義之が車を止めた。

「どうしたの？」

「ちょっと待っててください」と言い、車を降りた。花屋の前だった。

義之がいなくなると、京子は助手席の窓ガラスを開けて外の空気を吸った。あのよっくんよ、大人になったからって急に意識するなんてどういうこと？

セロファンで包まれた鉢を抱えて義之は戻ってきた。後ろの座席に置くと、「待たせてごめん。行きましょう」と運転席に座った。

「あら、お花？」

「初めて京子さんのお宅へ行くのに手ぶらでは。大昔、随分とお世話になりましたから」

「そんな心遣い、よっくんに似合わない」

「何のお花がいいか迷って、お店の人に相談したんですよ。どなたに差し上げるんですかって聞かれて。以前知っていた人で、また何年ぶりかで会ったんだって」

「そんなことまでお店の人に説明したの？」

「店員さんが、花にカードを添えますかって聞くから、それは直接言いますって。優しそうな花だったからこれにした」

「女性に花を贈るなんて、よっくんも相当アメリカで鍛えられたのね」

「姉が出産した日にも大阪から花を送りました。今は便利ですね。電話一本で届けてくれる」

義之の視線は前方だけを見つめ、横顔に変化はなかった。

中学生の義之は花火大会の場所取りを嫌がらずにやってくれた。スーパーの新装開店日に福袋の引換券の行列にも並んでくれ、その間京子は郁江とかき氷を食べながら待っていた。兄弟のいない京子は、「弟がいるって便利で楽でいいよね」と羨ましくて郁江によく言ったものだ。

「そういえば、よっくんは私たちがどこかへ行くっていうと、いつも一緒に行きたがったわね。女子高生二人に中学生の男の子一人って、ちょっと変な組み合わせだったわ」

「僕はいいように使われていたな。でも僕は二人のボディガードのつもりだったんだから。変な虫がつかないようにね」

「まあ、それは気がつきませんで。ありがとう」

大人びた口調をわざと使い、京子たちの会話に加わろうとしたころの義之を思い浮かべ、彼をちらっと見る。

京子のアパートには車を止められる所がない。郵便局前に時々車が置かれていたことを思い出した。日曜日の今日も一台駐車していて、その横に義之の車を止めさせた。

鉢を抱えた義之と並んで歩きながら、またもや京子は昔を持ち出した。

「よっくんって、私たちの隣に並ばないで後ろを歩くことが多かったでしょ。郁江が、私たちは家来を従えるお姫さまみたい、ってこっそり言っていたのよ」

「こっそりだなんて。ちゃんと聞こえてましたよ」

顔を見合わせ笑う。

京子の住む二階建てアパートの入居者は大家の知り合いばかりである。六世帯が一つの家族みたいで、ひと昔前のお隣さん同士のような付き合いをしている。そんな事情もあり、京子は男友だちを家には呼ばなかったのである。あれこれと詮索する人たちではなかったが、もし京子の家に男性が泊まっていけば、あえて無関心を装うだろうというのが推測できた。義之を家に案内したのは、彼は親せきに当たるような人だし、もしアパートの誰かと顔を合わせてもそう説明できる。

部屋は居間と寝室、トイレと浴室の１ＬＤＫである。一人で住むのに不満はなかったが、義之がリビングルームのソファに腰を下ろしていると急に部屋が狭く感じられた。二人がけのソファがいかにも小さく見える。

「よっくんがそうやって座っていると、部屋の家具が頼りなく思えるわ。アメリカに行って体もひと回り大きくなったわね」

「相変わらずバスケットやってたし、何段も重ねたハンバーガーを一日に何個も食べていたからな」

「そんなに大きいの？」

「日本だったら、あのサイズは大食い競争のためにわざわざ作るってものだな」

少しずつ義之の口調が打ち解けてきた。

「はい、再会を祝して。それから姉に代わりましてお祝い、ありがとう」

義之は側らの鉢をテーブルに置いた。

「どんな花かしら」

京子は膝を突き、セロファンと和紙の二重になった包装紙を外した。米粒ぐらいのつぼみが数多く中心に丸く集まり、その周りを白い紫陽花の花びらが取り囲んで咲いている。

「あら、紫陽花？」

「額紫陽花」

「額紫陽花？」

「花の名前。今日初めて教えてもらった」

「いつも見ている紫陽花とは違うわ。でもこの花も見たことあるような気がする。そう、額紫陽花っていうのね。知らなかったわ」

「僕も。この花が紫陽花の原種だって」

「原種？」

「日本に昔からあるこの額紫陽花が変化して、どこでも見かける、ほら、あの花びらばっかりの紫陽花になったんだって」

義之のアメリカでの学生生活の話を聞いていると一度も訪れたことがないのに、行けばすぐにでも地元に馴染んで生活できるような気がする。

「京子さんも一度向こうへ行くといい」

「英語、どうするのよ」

「サンキューとハローを連発していれば何とかなるよ。姉貴なんか、ニューヨークで地下鉄の切符はお金を渡して現地の人に買ってもらった、って自慢げに言うんだから」

郁江らしいと思った。困ったことがあっても動揺せずにてきぱきと対応する。高校時代から何度助けてもらっただろうか。テーブルの額紫陽花を見ていると、京子は自分が米粒の方で、華やかに伸びやかに咲いている白い花が郁江のような気がした。大学は別々だったが、思い起こせば青春時代を一番一緒に過ごした友人といえば郁江だった。結婚すると決めた時、夫になる人を真っ先に紹介したのも彼女だったし、離婚するかどうか悩んでいた時も郁江にだけは自分の正直な気持ちを打ち明けることができた。

「京子さん、一人になってからずっとここに住んでいる？」

「そうよ。一人だからここで十分。この広さで子どもと住んでいるお宅もあるのよ。上がらしてもらうと全然私の部屋と違うの、同じ間取りなのに。で、みんなも私の部屋に来ると、こんなに広い部屋だったけって驚くのよ」

離婚の理由を尋ねないのも、相変わらずよっくんらしい、と京子は思った。面白いことを一生懸命考え、人を笑わせようと頑張るのに、相手の心の中にまで踏み込むような質問はしない。

夫と別れ、専業主婦の座から滑り落ち、一人暮らしを始めたら周囲の景色が変わった。スーパーで買い物をする主婦たちは明日の不安を少しも感じることなく暮らしている幸せな人たちに見えた。レジで支払いをする時、この財布は自分で稼がなくては空っぽのままだと不安になることもある。それまでそんなことを一度も考えたことはなかった。両親は京子の望む通りにさせてくれたし、夫も給料袋のまま京子に渡してくれた。いつも手元にお金があるのは当たり前だった。その中から「はい、お小遣いね」と夫に手渡していた儀式は子どもじみたお芝居だった。夫の給料にどれだけの葛藤が入っていたのか、当時は想像もしなかった。けれどこんな話を義之にしたところで何になるだろう。

「ワインあるけど、飲む?」

友人が来たら、と買い置きしておいたのを思い出した。義之がうれしそうに頷く。

運転を心配した京子に、「酔いを覚ましてから帰るよ。それに夜遅い方が高速道路もすいているし。わが社は飲酒運転は即解雇だからな。未来ある若者のためにこのソファをお与えください。これさえあれば僕は生きていけます」と義之は立ち上がり、大げさにお辞儀した。

京子は吹き出した。あぁーよっくん、中学生のころのよっくんだ、と笑いが止まらない。

冷蔵庫の野菜でサラダを作り、フランスパンにチーズとハムを添えてお皿を並べると、ガラステーブルはいっぱいになった。京子は額紫陽花を飾り棚の上に移した。ソファに座り真正面の花を眺めると、まるで白い花びらから光を放っているかのように部屋が明るくなった。

ワインを空にしても義之の顔色はほとんど変わらない。

「よっくん、お酒強いのね」

「取引先とも飲むし、酔うなんてこと、仕事ではないな。京子さんだって強いよ」

「そうね、郁江よりは強いかも」

京子は父への土産にと買い、押し入れにしまってあった地酒も出した。

「いいんですか」

「父も喜ぶでしょ。郁江の弟のよっくんが立派に成長していた、だからお祝いで飲んでしまったって言ったらね」

「光栄だな。やっと一人前の男性として認められたか。よーし、じゃ僕、今日はちょっと告白しようかな」

「いいわよ。聞いてあげる。郁江に言えないことだってあるわよね。昔からの京子姉さんが聞いてあげる」

酔いが回ってきたとはいえ、京子は頭の片隅で、自分は姉のような立場なんだから、と意識するのを忘れなかった。彼は親友の弟、だから自分の弟みたいなものと繰り返す。

「僕、姉貴にも言ってないんだけど、どうも京子さんが初恋の人みたいなんだ」

「いいのよ、無理して冗談言わなくても」

京子はさっと笑顔を作り軽く流した。本当のところ、産院で義之に会うまで異性として考えたことも思い出すこともなかった。

「よっくん、何か他の話題ないの？」

「京子さんに会う機会があったら絶対に言おうと思っていたんだ。僕がアメリカで五年間過ごして良かったと思うことは、何か伝えたいと思ったら言葉で言うしかないってわかったこと。日本だと、以心伝心とか、目を見ればわかる、相手の心を想像して、とか言うけど、それは間違いなんだよ。人間の数だけ何種類もの心があるから、自分の知っている言葉の限りを尽くして相手にわかってもらおうとするしかないんだって。それだな」

義之の低い澄んだ声が透明なはずの空気を紫色のもやがかかったような色に変えていく。義之が一つひとつの言葉を口から発するのを惜しむかのようにゆっくりと音にすると、言葉が薄いオレンジ色や水色のオブラートに包まれて丸くなって空中にフワフワと浮かび始めた。言葉が聞こえるのではなくて見える。京子は面白くなり、天井付近の文字を読み始めた。

「……いつ会えるかわからなかったし、僕がずっと年取ってからになるかもしれないと思っていたけど。でも、それはいつだっていいんだ。僕の人生の一コマに京子さんがいたってこと。

それをいつか直接言いたかった……」

僕が中学二年の時、高校二年だった姉の親友の園田京子さんが頻繁に家に遊びに来るようになった。目鼻立ちがはっきりとした姉とは対照的に、京子さんの顔は眉が離れ、目が一重で鼻も小さくて、雛壇の中によく似た人形がいると思ったのが最初の印象だった。背格好がほとんど同じ二人が並んでしゃべっていると、二羽の雀がひっきりなしに口を動かしているのに似ていた。何をそんなに話すことがあるのか僕は気になって、二人の間によく割って入っていたものだ。

京子さんは誰もが笑う場面でも少し首を傾げて笑いの一歩手前で抑えたような表情をする。僕にはそれが不思議で、つい京子さんの表情を盗み見てしまった。大きな笑い声を上げすぐ笑い終わる姉と違って、笑い出すとクスクスといつまでも笑い続けた。京子さんが何かを取ろうとして腕を上げた瞬間、僕は見てはいけない気がして顔をそむけた。それなのに体からふわっと何か匂ってくるような気がして胸がドキドキしたのを覚えている。

再会した京子さんはそれまでまとっていた薄いベールを脱いで、その中に隠していた凹凸のある体を惜しげもなくさらけ出しているようだ。以前に比べ、物言いも輪郭がくっきりとして、産院で姉の冗談にも負けずに言い返していた。

「実は僕、中学三年の時一度だけ京子さんの高校まで行ったことがあるよ。京子さんが校門から出てきたら、僕と一対一で付き合ってください、と頼むつもりだったんだ。待ってる間、付いてきてもらった友人相手にどう言うか練習してさ。だけど京子さんの隣に姉貴がピタッとくっついていて。僕は慌てて彼の後ろに隠れたんだ。こんなこと、知らなかったでしょ？」

義之の告白を聞いても、京子にとっては、やっぱりひょうきんでいつも笑わせてくれた郁江の弟というレッテルを貼ったよっくんだった。

「あのね、きれいな色の風船がいっぱい浮かんでるみたいに見えるの。ほら、あそこにも、ほら、ここにも」

京子は空中の風船を捕まえようと手を伸ばした。

「いやだな、僕が真面目に話しているのに」

義之は空中に差し出した京子の手を取り、両手で包んだ。

「いい、聞いてる？　アメリカで一つ忘れられないことがあったんだ。僕が住んでいたデトロイト、冬は一メートル近く雪が積もるんだ。最初の冬だったからよく覚えているけど、時々大学の図書館やカフェテリアで気になるおじさんを見かけて。肩ぐらいの髪を首の後ろで一つに縛っていた。目がぎょろっとしてて大きかった。多分五十代ぐらいだったろうな。図書館で本を読んでいる日もあれば、何か紙に書いたりしていて。明らかに学生ではないのに誰も彼に何も言わないし、まるでそこにいないかのように、みんな彼を透明人間のように扱う。実際そこにいて自分たちの側を歩いたりしているのにね。何故だか僕はみんなのような態度がうまく取れなくて、彼がいるとついちらちら見てしまった。彼が僕の視線に気付いて目が合うと、僕の方があわてて目をそらして……」

義之は京子の指を一本一本屈伸運動させるみたいに折り曲げたり、伸ばしたりしながらしばらく黙った。京子は義之が動かす自分の指が他人の手のように思えた。初めのくすぐったさが、次第に凝り固まった指の関節をマッサージしてもらっているような快さに変わった。

雪の積もった街を、がっしりとした体格で前髪が額にちょっとかかった短い髪、眼鏡をかけた再会した義之が歩いている姿を想像しようと京子は試みる。だが、どうしても黒い詰め襟の金ボタンの学生服で、口をとがらせしゃべるひょろっとした中学生の彼になってしまう。

「あれは日曜日だった。スーパーの入り口で彼を見かけたんだ。自動扉が開閉する横でじっと立って物乞いをしている。初めて彼のそんな姿を見たから驚いた。胸の辺りで手の平を上に向けているだけで視線は真っ直ぐ前を見たまま。彼だとわかってから、どうしようと迷った。立ち去ろうかとも思ったよ。何の感情もなくのっぺりした顔だった。石膏の顔みたいに肌の色が真っ白だった。雪がみぞれに変わって降っていたからきっと体の芯まで冷えきっていたと思うよ。でも僕は彼がずっと気になっていたから、声をかけてみようと決心した。近付いて（ハロー）って言ったら、ふっと僕を見た。でも何も返事をしなくて顔は真っ直ぐに戻し無表情、手はそのまま。僕は次に何て言っていいか分からなくて、しばらく黙ったまま彼の隣に立っていた。それから僕は（ひどく寒いね）って言ったんだ。少し間があって、（ああー）と彼の声を初めて聞いた。（僕は、ヨシ）って名前を言うと、ちょっと驚いた感じで僕を見た。それから何かまた変な間があって。僕が立ち去らないので、彼は物乞いの手を引っ込めてコートのポケットに入れた。何も会話していない二人が扉の横で並んでいたから、カートを押して入って来る人が不審な顔で僕たちを見ていたよ」

義之は京子の手を離し、コップに地酒を注ぎ一気に飲んだ。京子の手は義之に温められてぽかぽかしていた。

「……彼がやっと僕に興味を持ったみたいで隣にいる僕を見た。ちょっとだけ血が通ったみたいに彼の顔に色が出たよ。彼は（グリフ）って言ってポケットから手を出した。僕たち握手したんだ。ひどく手が冷たかったな。あの手の冷たさは何だろう。そう、大理石を長く触った感じかな」

風船に針穴が開けられ、そこから少しずつ空気がもれるように空中の風船が床に落ちて消えていく。密着した義之の太ももを意識し始めるくらい、京子の酔いは急速に覚めてきた。

「ロングコートの襟元はテカテカ光っていた。握手した後、また僕たちは黙ってしまった。それから僕はダウンコートのポケットにあったくしゃくしゃの紙幣と小銭を手の平に載せて彼に差し出した。そしたら彼が（ノウ！）って僕の手を振り払って、僕を見た。その目は何か怒っているような、でも悲しそうで、何故お前はそんなことするんだ、って言われたみたいで。あつ僕はいけないことをしてしまったのだろうか、ととっさに思った。どうこの場をつくろっていいかわからなくて、（グッドラック！）って投げかけて、自動扉からスーパーの中に飛び込んだ。なるべく時間をかけて買い物をした。入り口の方を見たら、もうグリフはいなかった」

義之は一緒に遊んだ中学生のころとちっとも変わっていない。京子は懐かしい気持ちになった。

「物乞いの人に自己紹介したのね、よっくんは」

「ただ彼に好奇心を持っていただけ。僕は学生でお金だって自分で稼いだものでもないのに偉そうに彼にあげようとした」

「それから、その人とまた会ったの？」

「あの年は大寒波で路上生活者が大勢亡くなった。大学でグリフを見かけなくなって、あのおじさん見た？　と尋ねても、そんな人いたかって。みんなの記憶に残っていないんだ、彼は。一度スーパーの駐車場の係員に、ドアの側で物乞いをしていた男性を見かけないか聞いたけど、さあ知らないよ、って。これで終わり、ただこれだけの話。でも目を大きく開いて、ぐっと僕を問い詰めるように見たグリフを僕はまだ覚えている。何だかわからないけど、ずっと忘れないで僕の中に入れておこうと思うんだ、彼を」

京子は腕を伸ばして義之の肩に置き、トントンと優しく叩いた。それからこんなことをしたのは初めてだと気付いた。昔、京子と義之の間にはいつも郁江がいた。腕を組んだり、ましてや肩を抱くなんて行為は想像を超えていた。

義之が顔を近付けてきた時、これってどういうこと？　って考える一瞬があった。でも京子の指は義之のちょっとごわっとした髪の中に入っていった。


シングルベッドに二人で寝るのは初めてだった。少し体を動かすだけでベッドからずり落ちそうになる京子を義之は腕で救い、京子は京子でベッドの端まで体を寄せて、義之に窮屈な思いをさせないようにした。暗闇の中で二人は笑い合った。それから京子は思い出したように義之の胸の辺りを触りながらつぶやいた。

「胸毛、やっぱりないじゃない」

「生えなかったな。姉貴と京子さんに言われていたこと、僕、信じていたもんな。大人になったら胸毛が生えてくるって。それが優秀な男の証明だって」

「郁江と私、楽しんでいたのよ。だってよっくんは私たちが何か言うと最初は必ず信じるのよね。それから数日経って反発してくるの。二人で次にどんなことを吹き込もうか、作戦会議を立てたんだから」

「昔、僕は一度も京子さんと二人で歩いたことはなかった。必ず三人だった。時々、姉貴のこと、どっかへ消えてくれって念じたりしたよ」

「でもよっくんって、私と二人だけになると何もしゃべらなくてすぐ二階へ上がっていったでしょ。私、何か怒らせるようなことしたかしらって心配したのよ」

「まあいいさ。結局はこうなったから」

「結局はってどういうことよ」

京子は義之の頭に頭突きをするように軽くぶつけた。義之は微かな笑い声をもらし、京子の頭を優しく撫でた。

＊

雨は止みそうにもなく激しく降り続いている。

二十年ぶりに会う義之はどんなふうに変わっただろうか。

あの日の二週間後に義之から電話があった。「もう一度会ってくれませんか」と言った彼に、京子は「よっくん、電話ありがとう。また郁江の家ででも会いましょう。今度は私、飲み過ぎないように気をつけるわ。元気でね」

しばらく静かな間があって義之の方が先に受話器を置いた。その後彼とは一度も会っていない。郁江の話に彼が出てくると、元気でいるとわかってほっとする。それは遠くにいる身内の消息を聞くような思いである。

鉢植えの額紫陽花は水をやるのを忘れていても枯れることはなく、根強く生き続けている。

中国に旅行した時は一週間も水がなかったはず。それでも帰宅すると緑の葉をつけていた。鉢からはみ出るほどに育つと、株わけして一鉢だけベランダに置き、残りは実家の庭へ移し替えていった。

あらゆる言葉を使って自分の思いを人に伝えようとすること、それは確かに大事だと思う。でも誰にも言わず、日記にも書かないで、ただひっそりと心のどこかに置いておくこともありだと思うの。案外、人って些細な、ほんとに小さなことが支えになって生きていけるってこともあるのではないかしら。

義之はあの日のことを覚えているだろうか。もし彼と二人だけになれたとしても、実家の庭で、額紫陽花が少しずつ陣地を広げて育っていることを言うつもりはない。

仮定法過去完了

わたし、吉野千鶴《ちづる》、十四歳、中学三年生。来年高校受験である。両親はわたしの成績が塾に通っても少しも上がらないので不思議がっている。「そんなに勉強しているのにどうしてだろうね」と。

ほんとのところ、自分の部屋で教科書を開き問題集を始めても、すぐ他のことを考え出してボーとしてしまう。いろいろ想像しているとあっという間に時間が過ぎる。読み終わったばかりの小説の主人公たちのその後はどうなるのだろう。朝テレビのニュースで自宅を放火した犯人が息子だったって、一体親はどんな気持ちだろうか。考えていると時間がすぐたってしまう。ところが両親はわたしが机でノートや教科書を見ていると勉強していると思うのだ。実は頭の中は違うことでいっぱいなのに。

新しいクラスになって二ヵ月が過ぎた。三十九人の中で、わたしの成績は二十番台後半。この間の学年実力テストでは全校で真ん中以下だった。

わたしのクラスでは新聞をにぎわすいじめなんて、とんでもない。そんなことをする暇があれば、英単語の一つでも覚えた方がいいとみんな思っているはずである。

クラスでも、わたしは目立たず、誰の邪魔にもならない大人しい方だと思う。多分わたしは内弁慶タイプ。家だったら、家族を相手に何でも強いことが言えるのに、外では友達の話にうなずいていることが多い。クラスのみんなを笑わせるような冗談を言ったりできないけれど、仲間外れにされないよう、ちゃんとみんなの輪の中に入っているつもり。成績はよくないけど、それを気にしていないよ、という態度を取っている。

今日は英語の授業で仮定法過去完了が出てきた。わたしの嫌いな文型。すでに起こってしまった過去についての仮定を表す。「もしあのとき……していたら、……だっただろうに」と後悔したり、想像したり、愚痴ったりするなんて。未来のことを考えるのは好きだけど、過去の仮定なんて興味はない。だって過去の仮定なのだから、いくら現在望んだって実現することなんかありっこない。過去は変えられないのだから、もうどうしようもないのだから考えても仕方ないはず。

それなのに今日は珍しく先生に最初に当てられちゃった。「えーと、If the weather……」ともぐもぐ言い、一生懸命考える振りをしていたら、気が短い男の先生は次の生徒を当てた。やれやれと思って座った。

今は小学校へ入学した時に静子おばあちゃんから買ってもらった木の学習机で、宿題の仮定法過去完了の英作文を考えている。

二流大学卒業でいろいろ苦労したから君たちはぜひいい大学へ入れ、それにはまずいい高校だ、とハッパをかける英語の先生は、「自分に関することで三つのことを仮定法過去完了で英作してきなさい」と宿題を出した。この担任は何かにつけて、「もっと勉強しろ。いよいよ受験だぞ。精いっぱい自分の力を試そう！」と強調する。何だかわたしの未来といい大学とはどうも結びつかない気がする。でも大学生活に憧れはある。以前テレビドラマで見たアメリカの大学の、ドミトリーと呼ぶらしい学生寮で暮らしてみたい。パジャマパーティというのがあって、女の子だけで部屋に集まり、パジャマでベッドの上でお菓子を食べながらみんなで一晩中おしゃべりするのだ。ああ、そんなのをやってみたい。

仮定法過去完了か。そういえば野球の解説者は「〝もし〟という言葉は野球の世界にはない」とよく言う。これは人生でも同じなのに。過去は過ぎ去ったもので後戻りはできない。だから仮定法過去完了など、そんなに練習しなくてもいいはずだ。

そう思ったから、この間塾でアメリカ人の先生に質問した。もちろん日本語で。先生の奥さんは日本人で日本語ＯＫなのだ。

「アメリカ人って前向きな人たちが多いんでしょ。もし……だったら、……だっただろうに、なんて、仮定法過去完了をそんなに使うんですか？」

輝く金髪の三十歳、キアヌ・リーブス似のハンサム米国人は目を大きく開けて、それから顔を大幅にしかめて、ちょっと悲しそうな表情をした。

「アメリカ人でも仮定法過去完了を使います。人間はみんな、後悔します」

そうだろうか？　でも一つはっきりした。この文型が重要だということは、日本人より積極的で行動的と思っていたアメリカ人だって、どうしようもないことをぐずぐずと考える人間なのだということ。

If I had been a millionaire, I could have bought a castle.（もし億万長者だったら、お城を買うことができただろうに）ならまだいい。すぐ英作文が作れる。でも自分のことを仮定法過去完了で言おうとすると難しい。たった十四年しか生きていないのに何を言ったらいいのかわからない。

「もし祖母が一緒に住まなかったら、わたしの両親は仲よく暮らしていただろうに」

やっと一つ、思いついた。

一年前から長野県に住んでいた父の母が一緒に住むことになった。

おばあちゃんはおじいちゃんと長野市内で酒屋をやっていて、二人の息子を育てた。おじいちゃんが亡くなり、跡を継いだ長男は酒屋をコンビニエンスストアに商売替えした。けれど思うように利益は上がらず、おばあちゃんを世話することが負担になったのだろう。それにおばあちゃんの話では、土地の名義はおばあちゃんで、長男のものになるかはおばあちゃんの気持ち次第だそうだ。おじいちゃんが生きていたころはまだお嫁さんも大人しかったそうだが、にらみをきかしているおじいちゃんが亡くなったら、どんどんとおばあちゃんに対する態度が悪化し、一緒に住んでいられなくなったそうだ。でもこれはおばあちゃんの話だから、本当はわからない。

二男の父が祖母を引き取ったのは、今の時代は長男だけが両親の面倒をみるというのはおかしい、兄弟全員で親の世話をするのが筋、という長男の言い分に父も反対できなかったからだ。

祖母の部屋は一階のリビングに続いた六畳の和室になった。それまであの部屋はコタツが置いてあり、ごろごろと寝そべって昼寝をするのにいい場所だった。特に冬はコタツで漫画を読むのが最高だった。眠くなったらすぐ横になり、お腹までコタツの中に入れるとほかほかで気持ちいい。けれどおばあちゃんが来ることになり、テレビとサイドボードがリビングに移され、わが家はますますごちゃごちゃになった。コタツはおばあちゃん専用になった。

父は市内で三園ある幼稚園の事務の仕事をしている。名刺の肩書きは一応事務長だけど、わたしは知っている、雑用係だということを。通園バスも運転するし、運動会の運動場の白い線はほとんど父が引いている。

父と母が知り合ったのは税金のおかげである。父の園はわたしの母が勤めていた会計事務所で税務署へ届ける書類を作ってもらっていた。父は園の事務を任されていたから、母とよく話をした。それで自然に付き合い出したらしい。母は結婚後も同じ事務所で働いている。それは父の給料が安いからだと、わたしが子どもの時から言っている。

祖母が一緒に住むようになって何が変わったかといえば、父が家にいる時間が多くなり、母は休日も何かと用事を見つけては外に出るようになった。父は今まで離れていた時間を取り戻すかのように、食事中祖母とおしゃべりする。

祖母と父が父の子どものころの話をしている間、母は黙々とはしを動かし、わたしは時々「へー」とか、「ほんと?」と驚いてみせる。父が川で、子どもたちの中で一番多く魚を取ったって、それがすごいことだなんて。うれしそうにうなずく父が時々チラッと母を見る。母は父の視線を無視する。かつてのよくできた子が、今では母に押しつぶされそうになっている。幸いにもわたしは高校受験を控えているから、塾へ行ったり、友達の家で勉強するから家族の夕食に加わらない日もある。でもわが家の雰囲気は想像できる。父と祖母が昔話で盛り上がり、母は黙って食べる。

中学一年の弟は野球少年で部活をやり、疲れて帰宅し、「腹減った!」とガツガツ食べるだけだから、両親と祖母がどんな関係か考えもしない。わたしはわが家で今何が起こっているのか気にしてしまう性格だからしょうがない。

友人たちとしゃべっていると、両親が別居していたり、家庭内別居で家の中で口をきかなかったりしていることがわかったりする。子どもが高校か、大学を卒業したら、でなかったら就職が決まったら、または結婚式で親の役が済むまで、なんて特別の時期がくるまで離婚はお預けにして、でもいつかは別れるらしいという話も出る。

わが家は「おばあちゃんが死ぬまでは離婚しない」らしい。母に言わせると、あの世へいく人をわざわざ苦しめたり、悲しませることはないから、だそうだ。

「どうしておばあちゃんがお母さんより先に死ぬの？　お母さんの方が先に死んで、おばあちゃんは長寿日本一で表彰されるくらい長生きするかもしれないのに」と言ったら、母はわたしの顔をじっと見て、「ほんと、あんたのそんなところ、お父さんにそっくり。人の言うことに必ず反論するんだから」とちょっと怒った。「しょうがないでしょ、わたしはお父さんの子どもだもん。お母さん、安心した？」と言い返したら、母はギョッとした顔になった。それから黙ってしまった。母は父以外の男性とも何かあったのだろうか。わたしは確かに父の子だろうか、なんて変なことをまた想像してしまった。

あっ、そうだ、もう一つ、仮定法過去完了の英作文を思いついた。

「もしわたしが両親の子どもでなかったなら、わたしは違った性格になっていただろうに」

わたしはなぜこの両親の子に生まれたのだろう。誰の子どもに生まれるのかは自分では選べないことだと思っていた。けど最近テレビ番組で前世が見られるというスピリチュアルカウンセラーが、「わたしたちは自分の親を選んで生まれてくるのです。この世で修行するために最もふさわしい親を自ら選ぶのです」と言っていた。それならわたしは一体何を修行するつもりで、この親を選んで生まれてきたのだろうか。

過去の思い出の中でしか自分を誇れない父。自分が好きになった父を生んだ祖母がいつごろ死ぬかを頭の隅で計算する母。

階段下からおばあちゃんが「千鶴、おやつあるよー」と声をかけてくれた。わたしが自分の部屋にいれば勉強をしていると思ってくれる。その代わり、外へ出かけるのは遊びに行くのだと決め込んでいる。

「いま、行くよー」と大声で返事をした。これで二つ、英作文の原型ができた。後は英単語を当てはめていけばいい。ちょっと気が軽くなった。わたしだってやればできるのだ。そういえば中学二年の通知表に、「あなたはやればできる人。惜しいです」と担任が書いてくれたのを思い出した。やればできるのをやらないのはやる必要がない、と思っているから。先生にこう言えたらよかった。

階段を勢いよく下りて行ったら、トイレのドアが急に開いておばあちゃんとぶつかりそうになった。「勉強ばっかしとったら体によくないよ」って言う。

「おばあちゃん、それ、英語の先生に聞かせたいよ。おばあちゃんと反対のことをいつも言ってるよ」

「そりゃ学校の先生は生徒に勉強させるのが商売だもんな。人によって立場が違うんだから」とあっさり答える。

おばあちゃんの六畳の部屋は真ん中にコタツがあって、整理ダンスと鏡台、茶だんすだけ。

狭い部屋だから、ちょうど整理ダンスが背もたれになる。

「ほら、これ、本当にヨモギで作った饅頭だよ。スーパーのお店で売ってるのはまやかしだね。なんか混ぜてあるよ。これは橋本屋さんの。あそこは老舗だからやっぱり違うね。でもね、千鶴に食べさせてあげたいね、ほんもののヨモギ餅を。おばあちゃんが子どものころ、近所の原っぱにヨモギがたくさん生えててね。それを籠いっぱい摘んで、すり鉢でこねて……」

昔話を始めるとおばあちゃんの手は動かなくなる。わたしは急須にお茶の葉を入れ、ポットの沸騰のボタンを押した。おばあちゃんは熱いお茶が好きなのだ。それから机の上の饅頭の包みを開けた。

「……小さな籠と鎌を持って行くんだよ。あのころはヨモギなんてどこでも見付けることができたからね。でもね、母ちゃんは人が歩く付近のは汚いって、あんまり人が行かんような山の入り口まで行って。さぁー、この辺りのを採って籠に入れるんだよって。そりゃ、母ちゃんは手早かったな。鎌でさっささっさ刈るんだよ。母ちゃんが鎌を使うとこは何か、怖かった。わたしがちょっことずつ籠に入れてる間に母ちゃんは籠いっぱいに入れとったな……」

「おばあちゃん、お茶、入ってるよ」

わたしはおばあちゃんの話を聞きながら、昔に生まれなくてよかった、と思った。ヨモギ採りなんて嫌だ。小さなミミズを見ただけで一日中頭の隅にミミズがはいずっているみたいで気分悪いから、虫がいる土は触りたくない。

「おばあちゃん、昔って大変だったね。今は橋本屋で買ってくればいいんだもん、楽だね」

「でもね、やっぱり味が違うよ。母ちゃんと摘んですり鉢でこねて丸めて、黒砂糖を溶かした蜜で食べた味は忘れられないね。もう二度と食べられないよ」

「じゃ、わたしはおばあちゃんに長生きしてもらおーっと。橋本屋のヨモギ饅頭でいいもん」

ちょっとだけおばあちゃんを励ましたつもりだ。おばあちゃんはふんふんとうなずいた。

「四個買ってきたけど、千鶴と二個ずつ食べようね。お母さんにはあげんでいいから。あの人は仕事帰りに何か、おいしいもん食べて来るだろうから」

驚いた。ちゃんと母を観察している。

「あのさあ、おばあちゃん、今ね、英語の宿題してるんだけど。過去のことで、ああすればよかった、こうすればよかった、って思うことある？」

「何でそんなこと考えるんだい？　ああすればよかったって、もう終わってしまったんだろう？　そんな宿題があるんかい？」

「あのね、人間は後悔する生き物なんだって。アメリカ人もよく後悔するって」

「へえー、そうかい。後悔ね。……そうだね、もうちょっと母ちゃんに優しくしてあげればよかった」

「おばあちゃんのお母さんって早く死んじゃったんだよね」

「三十一歳だもんね。三十一歳なんて今だったら、まだギャルだろう？」

「違うよ。ギャルっていうのはもっと若い女の人だよ」

「肺結核だったから、うつるから静子は近くへ寄るなって、父ちゃんにきつく言われていた。母屋の一番端の、廊下の先に母ちゃんが寝てる部屋があってな。だーれもいないときを見ては母ちゃんの部屋へ行ったけど。枕元に座って寝ている母ちゃんの顔を見てるんだよ。目が覚めると母ちゃんは、『静子、いいから向こうへ行き。母ちゃん元気になるから』って言うんだよ。それでわたしは部屋から出て。あんとき、もっと母ちゃんの側にいて、いろいろおしゃべりすればよかったと思うよ」

「おばあちゃん、幾つだったの?」

「十歳か、十一歳ぐらいだったね。最後の方は母ちゃん、病院へ入っちゃったからね」

何だか気が重くなってきた。目の前のおばあちゃんの顔を、心細くて寂しがりやだった十歳の女の子に変えて思い浮かべようとしたけど、しわがじゃまして全然出てこなかった。

「おばあちゃん、ごちそうさま。宿題片付けちゃうね」

「偉いね、千鶴は。勉強が好きだから」

成績の悪いわたしを、偉いとほめてくれるのはおばあちゃんだけ。父も母も、最近は弟までも、「高校は行った方がいいけど、大学はどっちでもいいものだ」などと言う。何だか彼らに言われると、三流だって四流だっていいからどっかの大学へ入ってやるって余計に思う。

おばあちゃんのお母さんが三十一歳で死んだなんて知らなかった。早過ぎる。もしわたしが三十一歳で死ぬとしたら、あと十七年生きるだけ。ええっ、どうしよう。こんな英語の仮定法過去完了なんてやっててていいのだろうか。けど、ひょっとしてすごく長生きするかもしれない。そしたら、その時代はもう世界がごちゃごちゃになっていて英語は必要かもしれない。だったらやっぱり勉強した方がいいかもしれない。一体全体わたしは早死にするのか、長生きするのかどっちになるのだろう。そんなことわかりっこないことだけがはっきりしている。

十四年ってすっごく短い。英作文で仮定法過去完了を作れと言われたって、ああだったらこうだったらと何かを強く思うようなことがない。おばあちゃんは十歳の時のことが忘れられなくて、七十五歳になってても思い出せるのに。

もし父や母に同じ質問をしたらどう答えるだろうか。

父は幼稚園の子どもと親との狭い世界の中だけで生きているのを後悔しているかもしれない。時々、学生時代の友人たちと会ってきた後に二、三日沈んでいる。わたしでも知っている大企業に勤めている人、上級公務員だから市役所に勤めている人たちとはちょっと違うんだという人、父と同じ四十代半ばなのに親の会社を受け継いで社長の名刺を持つ人。そういう人たちに比べれば、幼稚園の事務長という仕事は恥ずかしいのだろうか。お酒を飲むと勢いがついて、弟を相手に「男はやっぱり部下を引き連れて、支払いは俺に任せろ、ってぐらい大きく出んとな。いいか、しっかり勉強しろ。野球ばっかしとってはだめだぞ」とぶつぶつ言う。それで「千鶴はいい男と結婚して幸せになれ。それにはな、まずその、ああだこうだと言う性格を直せ」と説教を始める。「お父さん、そうやって男と女を区別するの、セクハラになるんだよ」とわたしはまた言い返す。

母は何か仮定法過去完了で言いたいことがあるだろうか。父と結婚してこんなはずじゃなかったってこと？　でも母はわたしや弟の赤ちゃん時代の話をするときはうれしそうだ。

「千鶴が生まれてきた時、十ヵ月もお腹にいたあんたはこんな顔してたのかって、感心しながら眺めたよ。人間って面白いね。お父さんとわたしの顔をミックスしたら千鶴の顔になったなんて」。母はじっとわたしの顔を見つめる。こんな母が何だか好き。同世代みたいに感じる。わたしだって、この世に生まれてきたのが奇妙な信じられないことと思ったりするんだから。

けれど母は、「まさかこんなお父さんだとは思わなかった。あんたたちを高校や大学へ行かせるのに、お父さんの給料だけじゃとても無理だからね。それなのにわたしが働くのを普通に思っている。それで家のこともしないんだから」とこぼす。好きになって結婚してわたしと弟を産んだんだもん、責任持って大人になるまで育ててよと言いたくなる。

でもそう考えたら自分だっていつの間にか、自分一人がひょっこりこの世に出てきたみたいに思っていたところがあった。ほんとはみんなつながっているのに。

「もしわたしがこの世に生まれなかったら、わたしはどこにもいなかっただろうに」

当たり前かもしれない。でももうこれでいい。三つ目の英作文にしよう。

ある日、父と母の合体で、突然わたしの生命が生まれ、それからお腹の中で母から栄養をもらって、もうそこではちゃんと人間としての内臓や脳もできていて、十ヵ月経って母の体から外へ飛び出して、わたしが始まった。

こうして生まれたって幸せなのか、悲しいことなのか、どっちなのだろう。幸運だったとしても、せっかく生まれたのにいつか死んで消えてしまう。死ぬのがわかっていて生まれてくる命って何なのだろう。それで何億年も続いているこの世界って何？


この間、奈々子たちと舌切り雀の話で盛り上がって、人間は舌を切ったら死んじゃうのかしらっておしゃべりした。

家で裁ちバサミで舌をはさんでみた。舌を切られる雀の気持ちが知りたかったから。鉄くさい味がした。親指と中指にちょっと力を入れたら一体どうなるのだろうか。死んでしまうのかしら。『舌切り雀』のスズメは舌を切られてもちゃんと生きていたけど、人間も同じだろうか。意識があるまま、舌から血が流れ続けるのだろうか。舌を切ったらもうしゃべれなくなるのだろうか。興味あったけど、もちろん怖くて力を入れなかった。

奈々子に電話して、ハサミで舌をはさんでみたけど切れなかったと言ったら、「ばか！　ほんと千鶴ってさ、何考えてんかわかんないよ。どうしてそんなことするの！」って怒った。ちょっと本気が入っていてびっくりした。家族以外に、自分を心配してくれる人がいた。新しい発見だった。奈々子はわたしよりずっとかわいいし、成績もいいし、取り巻きも多いし。わたしは彼女の周囲を回る目立たぬ小さな惑星の一つだろうと思ってたのに。

毎日不思議な気持ちを味わいながら生きている人間って何なのだろう。けど、こうして考えていたらぼんやりだけど、仮定法過去完了なんか使わないように生きていきたい、と思い始めた。おばあちゃんのようにずっと何か胸につまってることがあるのはしんどいし、両親みたいに毎日の暮らしを愚痴ったりしたくない。どうやったら仮定法過去完了なんて使わずに生きていけるのだろうか。

やっぱりどうでもいいことばかり考えてしまう。これもこの両親の子どもに生まれたせい？ わたしがこの二人を選んで生まれてきたからなのだろうか。今は修行中なのだろうか。

蔓は異なもの

1

今朝、目が覚めた時、ここはあの世かこの世かどっちかしら、って一瞬思ってしまった。

夢で死んだ人に会ったり、一度も会ったことのない人が出てきたりすると、すっきりとした目覚めにはならない。何とも奇妙な気分でしばらく目を開けている。年輪が浮き出たような見慣れた木目の天井。ああ、ここはこの世で、夢があの世だったのだ。八時間ばかりあの世へいった後で、今朝もこの世に帰ってきた。この世からまた一日が始まる。

年を取ったら朝早く目覚めるなんて自分には当てはまらない。起きるのは午前七時過ぎである。テレビをつける。必ず何か事件をやっている。連続テレビ小説を楽しむ人も多いが、私はワイドショー。事実は小説よりも奇なり。本当にその通り。つくづく実感するこの数年である。

六十七歳のこれまで、いろいろな事件や事故があった。だが最近は予想範囲をはるかに超えている。となれば、これからの時代はさらに訳のわからない事件や恐ろしい事故が起こるのではないかしら。あの世が近くなってきた今、昭和生まれで良かったと思う。とてもこれから先の時代に適応できそうもない。

朝のワイドショーの大きなニュースは四十代の妻が愛人と共謀して夫を殺害する事件だった。日々の流れに任せていけばいい、と思っている私には余りにも熱い人たち。そんなに嫌な夫なら別れるか、逃げ出せばいいし、殺して生命保険金をもらって愛人と一緒になろうなんて。一石二鳥を狙うのが図々しい。それも人の命を奪ってまで。ましてやすぐ発覚するなんてお粗末。と、思いついたところで、愛とお金の両方ともそこそこで人生が終わりそうなのが自分なのだとちゃんとわかる。私は惚けていない。

朝食を摂りながら、今日の予定を考える。
二、三日畑に寄っていないから、ぜひ行くべきである。何のために畑を借りたのか。健康と安心安全な野菜を食べるためではないか。こうして時々自分に向かって発破をかけないと、体を動かそうとしない怠け者になってきている。
四月半ばでも冷える。グレーのジャージーズボンに、捨てる衣類袋から長袖Tシャツを引っ張り出す。その上に紺色のパーカーを重ねる。麦藁帽子を被り、首にタオルを巻く。玄関の鏡に映った姿はすっかり農家のおばさんである。

市民菜園は今年初めに抽選に当たった。畑仕事に特別興味があったわけではない。週に一日でも畑に出て行けば運動にもなるし、と思ったのがきっかけである。三十平方メートルの広さで年間一万二千円。最近は希望者が多くて三倍を超える倍率と聞いた。だから多分当たらないだろうと気楽に申込用紙を箱に入れたら、一回で当たってしまった。人生と同じで期待しないと物事は前へ進む。

三月に栽培講習会があった。市の職員が畑仕事に使う道具の紹介や使い方、作物の栽培についてなどを懇切丁寧に教えてくれた。もらった資料通りにやってみれば大丈夫らしい。

私の畑は菜園の一番端である。隅だからどんなふうに作物を育てようと目立たない。それに、まともに挨拶するのは右隣の畑の人だけでいいのは気が楽である。

備品倉庫に寄って、如雨露とスコップを借りる。

自分の畑の手前で男性がしゃがんで土をいじっていた。これまで隣の畑の人とは一度も顔を合わせていない。あっ男の人がいる、と思ったが足がもう先に進んでいた。幸いにも向こうも私に気付かない。

土を盛り返し始めたがどうも気が咎めた。約一年間は畑の隣人同士。やはり礼儀は必要であろう。ちょっと勇気がいったが、しゃがんで作業中の男性に近付いた。男性の後頭部の周囲を白髪が取り囲み、真ん中に丸い白い空間がある。その途端、亡くなった夫のごわごわとした黒髪を思い出した。もう随分昔だというのに。何かの拍子に突然夫が出てくる。

「おはようございます。初めまして。お隣の畑の磯部と申します。よろしくお願いします」

丁寧に挨拶をした。

白い頭がくるっとこちらを振り返った。

「ああーおはよう。山下です。よろしく」

立ち上がりもせずにすぐ元の姿勢で手を動かす。いくら冴えない農婦だとしても顔を見て返事をしてほしい。失礼な人である。あんな人が隣だったとは。急に気が重くなった。ただ名前は一度聞いただけでも覚えやすくて助かった。山下さんである。

如雨露で水をまいた。山下さんは鋤《すき》で耕している。少しも私の方を見ない。自分のやっていることだけに集中しているようだ。時々鼻歌が聞こえてきた。上手でもない歌を聞かされるのは騒音公害です、と言いたくなった。これからはあの人がいない時間を見計らって畑に行こう。

一通りの作業を終え、山下さんの前を堂々と歩く。彼から何も挨拶はなし。私も知らん顔で通過した。

2

四月は里芋、トウモロコシ、枝豆を、五月にはカボチャ、キュウリ、トマト、ナスを植えた。畑に寄るのはほとんど午前十時まで。うまい具合にその後お隣さんとは会わなかった。最初の印象が良くなかったから、それだけでもほっとする。伸び伸びとしていられる。わからないことがあればその時見かけた人に教えてもらい、中には手伝ってくれる親切な人もいたから何も困らなかった。

六月、春ジャガイモとサツマイモを植えた。見よう見まねで職員の指示通り、土をいじり、水や肥料をやる。それでも野菜は育つ。でもどうしてだか私の作物は見るからに成長不良で貧弱である。トウモロコシにしてもダイエットしたみたいに細い。みんなと同じように世話をしているつもりだが、何か欠陥があるのだろうか。

梅雨の時期はどうも畑に行く気がしなかった。雨が降ってくれるから水遣りをしなくても大丈夫だろう。で、家に籠もって、好きなパッチワークをする日が多かった。

七月初め、久しぶりに畑へ行く。午前中は町内会の用事があった。畑へ着いたのは午後三時である。どうか隣に誰もいませんようにと願いながら菜園の端を目指す。

自分の畑に山下さんのところから蔓が伸びていた。

私もしばらくサボっていたが、彼は私以上に来ていないらしい。隣は畑というより雑草地である。カボチャの蔓だろうか。敵が国境を破って侵入してきたみたいで不愉快だった。

手を動かすだけでも汗が噴き出す。日焼け防止の長袖シャツを通してジリジリと暑さが押寄せてくる。これ以上汗をかき、化粧が落ち、頬にシミを増やすのは避けたい。水だけまき終わると備品倉庫へ向かった。何と倉庫から鍬《くわ》を手に山下さんが出てきた。早速敵を捕まえた。

「山下さんですよね」

後頭部の具合は覚えていたが、しっかりと顔を見ていないから、念のためにと確認する。

「はい、そうですが」

「お宅の蔓がうちの方へ伸びてきていまして。申し訳ございませんが、そういうことのないように、ちゃんと畑らしくお手入れをなさったらいかがでございますか」

お前は怒るとバカ丁寧な口調になる。生前夫が言っていたのを思い出しながら口を動かす。

山下さんは何がおかしいのか笑い出し、鍬に両手をかけ、威張るように胸をそらせた。

「いいじゃないですか、蔓くらいお宅へお邪魔したって。ご挨拶代わりですよ」

気の利いた冗談を言ったつもりなのだろう。でも私は笑えなかった。

「ひょっとして、うちの野菜が大きく育たないのも、お宅の蔓が肥料を全部吸い取っているのではないでしょうか」

向こうが向こうなら、こっちも負けずにと言い返した。

山下さんはちょっと真面目な顔に変わり、作ったような笑顔を引っ込めた。

「これは失礼しました。すみませんでした。えっとお名前を伺っておりませんが」

「あら、最初にご挨拶を致しましたのに。お忘れでございますか。そうですわね、昨日何を食べたかも覚えていないこともありますものね。磯部と申します」

ついでに嫌味もできる限り付け加えた。

山下さんの顔は血が巡ったみたいに赤くなった。

「いやぁ磯部さん、そうそう磯部さんでした。女性は服装が変わると違う人になってしまう。

磯部さん、どうです、今からコーヒー飲みに行きませんか。磯部さんの畑にわが家の蔓がお邪魔したお詫びをさせて頂きますよ」

磯部さん、磯部さんと何度も会話に挟む。こうやって繰り返して口に出すのが、人の名前を覚えるコツなのだろう。夫を亡くしてから、こんなふうに苗字を呼ばれ、誘われたなんて一度もなかった。蔓の件は大騒ぎするほどのことでもないかもしれない。あっさり気が変わった。

また夫の声がした。お前は言いたいだけ言うとさっさとどっかへ行くからな。

「この辺においしいコーヒーを入れるお店、ありましたかしら」

「僕の気に入りの店ですが、磯部さんには特別に教えちゃいましょう。もう僕も畑は止めて」

自転車を引いて山下さんの後を歩く。

リュックを背負いながら歩く姿勢はいい。背中は曲がっていないし、歩幅を大きく取るのは大胆で気持ちがいい。夫はちょこまかちょこまか歩くのでせわしなかった。農作業用なのか下半身は作務衣のもんぺである。黒の半袖Tシャツに首に手ぬぐいはいいにしても、シャツの背中の横文字は下と合っていない。息子のお古か。足元はスニーカーである。

女性は服が変わると見違えると言った。確かに初めて会った四月、私はよれよれのジャージーズボンで畑のおばさんだった。この日は買ったばかりのジーパンに、茶と黄色の細かなチェックの長袖シャツの胸を開け、真っ赤なタンクトップをチラッとのぞかせている。派手ではないかと気にしたけど、どうもおかしくはないようだ。畑で水をやったらスーパーへ寄るつもりが喫茶店行きに変わった。何か特別なことがあると手帳にメモする習慣である。今日は畑の隣人山下さんと喫茶店へ、と書けそうだ。

山下さんに案内された喫茶店『檸檬《れもん》』はマンションの一階にあった。この前の道なら何度も通っている。店の前が駐車場でいつも車が数台停まっていたから気付かなかった。

「この店のモーニングは朝食代わりになりますよ。おにぎりかパンか頼めるんで」

ひょっとして私と同じ連れ合いを亡くした独り者かしら。だから気楽に女性を誘う？

「いらっしゃい」

カウンターの中にいた男性が迎える。お店の人に、いらっしゃいませ、と「ませ」まで言わせないのは常連客の証拠である。山下さんはすすっと部屋の隅へ歩いて行く。

「ここがこの店で最高の場所ですよ。ほらトイレが向こうで、人の出入りがないし。この角で頭を持たせて昼寝もできます」

窓枠と壁の角に頭を寄せてにっこり笑う。眼鏡の奥の目を一段と大きくして自慢げである。

「磯部さん、こっちに座ってみますか」

「いいえ結構です」

もし山下さんが独り身だとしたら、どうしてこんなに明るくしていられるのだろう。この三月まで町内会の保健委員をやっていた。二人の寡《やもめ》さんに会ったが静かで寂しげな空気に包まれていた。あの人たちは山下さんのように明るく会話を進めようとは決して試みなかった。何か話題を考えて話しかけないと黙ったままである。石鹸でごしごしこすってもきれいにならない薄汚れた雑巾みたいだった。未亡人の私も他人からそんなふうに見られているかもしれない。

　夫の死後、髪を染めるのは止めた。長さは肩までにしている。若い頃は背中辺りまで伸ばした。真っ黒で真っ直ぐな髪が自分の数少ない長所の一つだと思っていた。けれど年を取ると長い髪は面倒になる。今は一つにまとめる。もっと短くしたいが似合うかどうか心配だし、夫は長い髪が好きだった。ほんの少しは夫に義理立ての意味もある。厚化粧派ではないから、その分肌は長年休まっていたはず。だが肌のきめが粗くなった。笑いの少ない人生を送っているのに目尻にしわが何本もある。幸、不幸から距離を置いた冷めた能面のような面長の顔が私である。

　こんな私をお茶に誘うなんて。山下さんは変わり者かもしれない。

「ママ、本日のスペシャルは？」

　お水を持ってきた女性に山下さんが尋ねる。

「コスタリカラグーナ。コスタリカのコーヒーコンテストでいつも成績優秀なブランドでね。香り、酸味、甘みとパーフェクト。まるで山下さんみたいよ」

「ありがとさん」

　山下さんは彼女のお世辞にもうれしそうに返す。

「僕はそれにするよ。磯部さんは」

「山下さんと同じものを頂きます」

「磯部さん、下のお名前は何て言うんですか」

「則子《のりこ》。規則の則です」

「あっそう。僕は山下進一《しんいち》です。いい名前でしょ。ほら、前へ一直線にどんどん進む、って」

ああ確かに。この人は相手にお構いなしに会話を進めていく。初対面に近い私に向かって臆せずに話す。と思ったら、「あっ失礼。僕、新聞読みますから」と席を立つ。カウンターの脇から新聞二紙を持ってきて読み始めた。

私は窓の外へ視線を移した。本来なら蒸し暑い午後の炎天下、自転車を走らせていたはず。新調したジーンズに赤いシャツの組み合わせは派手じゃないかしら、おかしくないかしらって心配しながら。それが蔓の文句を言った畑の隣人と冷房の効いた喫茶店にいる。

夫はコーヒー党ではなくて日本茶で、喫茶店に行くのをいい顔しなかった。コーヒーなんか家で飲めばいい、いつもそう言っていた。家とは全く別の空間に身をおいてぼんやりするのがほっとするのよ。何度言ってもわかってもらえなかった。滅多に一緒には行かなくて、時々一人で出かけた。ただ夫が亡くなると、特に行きたいとも思わなくなった。喫茶店は町内会の人か、たまに会う友人と行くだけである。

静かだった山下さんが新聞から目を上げた。

「磯部さんは新聞取っていますか。僕はね、家内が死んでから止めました。新聞を束ねて資源回収に出すのが面倒でね。こうやって喫茶店で何紙も読むんです」

ここで山下さんが寡さんだとわかった。

「私は取っていますよ。スーパーのチラシは必要だし、新築マンションの間取り図を見るのも好きで。こんな所に住んだらと想像して遊ぶんです。新聞より先にチラシ見るかしら」

「磯部さんにお尋ねしてよろしいですか」

「はっ、何でしょう」

「畑はご主人と一緒にやらないんですか」

「夫が亡くなってもう十年以上になります」

「そうですか。やっぱりね。何となくお一人じゃないかなと思ったんですよ。ほら、真剣に蔓の文句を言われたでしょ。あの時にね。僕は一人になって、まだ五年ですよ。七十一歳になりますが、まさか自分の方が残されるとはね」

「ほんと、死神は何を考えているのか、見当つきませんわね。私も夫が五十七歳で……」

「何だって？　おいおい、しっかりしてくれよな」

私の話を最後まで聞かずにスポーツ紙に向かってしゃべる。決してかみ合っているとは思われない会話でも、テレビに向かって話し掛けるよりはまだましかもしれない。

3

夫は五十七歳で亡くなった。胃がんだった。

会社の健診で腫瘍が見付かり、精密検査でがんとわかった。前年には何もなかったから、一年も経たぬうちにがんは急速に大きくなったのか、あるいはどこかに隠れていたのを医師が見過ごしたのだろうか。まさかがんとわかって十ヵ月で死ぬとは。

がんになった原因をあれこれ考えたけれど見当がつかなかった。結局ストレスが浮かぶ。お酒は好きで毎晩飲んだが、よく飲む日で日本酒三本。普通は一、二本で終わる。煙草は結婚後、しばらくしてから止めてくれた。私がどうにも煙草の臭いが嫌いだったから。運動といえばゴルフの打ちっぱなしか、時々コースに出るくらい。基本的にテレビと新聞、晩酌、魚釣りができれば満足な夫だった。

多分肩たたきの意味もあったかもしれない。がんと診断される二年前の人事で、夫は総務課から営業促進部に移った。お世辞も言わず、その場の空気を読み臨機応変に対応するのも苦手で不器用な夫に異動は辛かったと思う。夫はほとんど仕事の話はしなかった。が、肩身の狭い思いで毎日会社へ行っているだろうとは想像した。そのうち好きだった釣りにも滅多に行かなくなった。それと引き換えに休日はお昼時に一本飲み、昼寝後にパチンコへ行き、帰宅してまた晩酌をするように変わった。私たちには子どもはいないし、夫婦二人だけなら何とでも生きていかれる。

「会社辞める？　この家のローンを処分して借金ゼロにしてアパートへ移ってもいいし」

冗談ぽく勧めたりした。あの時期の夫にどんな言葉かけが良かったのだろうか。

確かに夫の状況は厳しいものだったと察する。でもどの道、会社勤めの苦労は給料のうちだから何とかやっていくだろうと思っていた。それで私は木目込み人形やパッチワークの教室通いに精を出し、作品展に出品した。教室が終わると仲間たちとおしゃべりを楽しむ。夫の不機嫌な顔に付き合う私自身のストレス解消法を続けた。

テレビのお笑い番組にも笑い声を上げない夫に、隣で見ている私は気が重くなる。次第に私も画面の芸人たちが空々しく見えてきた。家の中にはどんよりとした空気が漂う。そんなとき、ふと私たちに子どもがいたら、と想像することもないではなかった。でもそれに時間を費やさないようにした。夫は心の奥底へ通じる扉を頑丈にし、さらに入り口でしっかりと門番もした。誰も中へは入れさせなかった。

亡くなって、しばらくしてから思い至った。夫は、私に負い目をずっと感じていたのではないだろうか、と。それが仕事以上のストレスになっていたかもしれない、と。

夫と結婚した時、私は二十七歳で夫は三十一歳だった。当時は女性の結婚適齢期が二十七歳前後で、その境を過ぎれば売れ残りと言われた。高校卒業後、事務職で働いていたが、社内での居場所が少しずつ狭められていった。会社では結婚に因る〝寿退職〟が普通だった。今になってみればおかしな風潮だったとわかる。人にはいろいろな生き方があり、適齢期、あるいは結婚も個人によって異なるのに、一つの型がまかり通っていた。自分の頭で判断せず、世間一般の考えに自分を沿わせることに私自身も疑問を持たなかった。いや持ったかもしれないがそれを見ないようにした。あえて楽な道を、誰もが歩く普通の道を選んだつもりだった。本当は「普通」なんてものはどこにもなくて、一人ひとりの独自の人生があるだけなのに。

お見合いで結婚相手を求めた。一回目で夫に当たったのは幸運だと思ったが、今になってみればそれも疑わしい。もっと何人ともお見合いをしていれば私の人生も違っていたのではないだろうか。あるいは夫だって私以外の人と一緒になれば、胃がんのため五十七歳で死なずにすんだかもしれない。

結婚して数年経てば、自然に子どもができるものと思っていた。子どもがいない夫婦はまだ欲しくないからで、妊娠しないように配慮しているのだろう。三年経つと夫の両親は私たちに、子どもはどうなっているの、と問い、私の母も、孫の世話は少しでも若いうちにさせて、とはっきり言うようになった。

4

三十歳を過ぎると、子どもができないのは自分のせいかもしれないと思い始めた。

中学三年で生理が始まった時から腹痛が酷く、痛み止めを飲まないと椅子に座ってもいられなくなった。高校は女子校でみんなオープンに体の話をするし、先生に生理が酷いと伝え、我慢できないと保健室で休んだ。一度、授業を受けていたら胃液まで吐き出して気を失い、教室中が大騒ぎになった。そんな私に、保健室の先生が母に連絡し、「一度産婦人科で診てもらったらどうでしょうか」と勧めた。それで私は嫌々ながら、学校から紹介された産婦人科で診察を受けた。医師は、「子宮後屈のせいで生理が重いのかもしれません。子どもを産めば多少は楽になるでしょう。心配要りませんよ」と優しく言ってくれた。

結婚後、数年経っても子どもができないのはこのせいかもしれないと思った。夫には内緒で不妊治療専門の産婦人科に一人で行った。そこで医師から、ご主人に原因があるかもしれない、と告げられた。思いがけない言葉だった。

その夜、どういうふうに夫に切り出そうかと迷った。やはり言わずにいられなかった。

「お医者さんがね、子どもができないのは男性に問題がある場合もあるって。だから今度一緒に来なさいって。午前中だけでも休み取れない？」

徳利二本飲み終わった夫の、ほんのり赤らんだ横顔に話しかけた。私がこう言えば、きっと夫は大きな声を張り上げ、何をばかなことを言う、と目をむいて怒るに違いない。けれど私が拍子抜けするくらい、夫は私をチラッと見てから新聞のテレビ欄に目を移す。それからチャンネルを変えた。黙ったままでいる。想像していた夫と異なる態度に次の言葉が出てこなかった。

私は部屋の隅に積んである座布団をぼんやり見ていた。この数年間、両親たちが子ども、子どもと騒いでいる間に、夫も私と同様、こっそりと自分一人で病院へ行ったのだろう。

その後、夫との間に永遠に子どもは生まれないとわかっても、意外にも寂しさや悔しさは自分の中から湧き出てこなかった。これで私は私で終わる。私の血、夫の血、二人の血が混ざり合った新しい人間、未来永劫《えいごう》と続く生命の連鎖に連なる人は存在しない。二人とも鎖から外され振り落とされる。そんな絵柄が浮かんだ。しかし、それと同時に爽やかな、あらゆるものから抜け出たような伸びやかな自由も感じた。幾ら本人が死んでも、あの鎖の一つに自分の血を入れた人は生命の循環から逃れられない。それに引き換え、私たちは何にも囚われない自由。死んだ後は無。何もない。

不思議だが、夫との結び付きを強めたのが、この秘密だったかもしれない。私たちはお互いの両親に何も言わなかった。「どうもコウノトリはわが家には寄ってくれないみたいで。石原裕次郎だって子どもはいないし」と両親でも知っている有名人夫婦で子どものいない例を出すのが私の役目だった。そんなとき、夫は沈黙している。もし子どもができない理由が夫にあるとわかれば、今度は夫の両親がその原因は自分たちにあるとして思い悩むことはわかりきっていた。こういうことは誰のせいでもない。「子どもがいない夫婦だって世の中には大勢いる」と私が毎回両親の説得係を務めた。

どうしても欲しければ様々な手段や方法で子どもは持てる。でも私たちは何が何でも二人の子どもが欲しい、子どもを育てたいとも思わなかった。そういうことに必死になる気持ちが二人ともに起きなかった。子どもがいない。それを自然に受け入れ、普通に暮らした。暮らそうとした。

ただ子どもができないとわかってから、性欲とやら、いわゆる本能が薄まってしまったみたいだった。夫も、である。それまで子どものためにセックスをしていたわけではないが、ゆくゆくは新しい命が生まれるかもしれない、と何かくすぐったいような興奮と期待、恐れ、様々な思いがあったと思う。それがなくなってみると、どうも照れくさいような、小恥ずかしいようなおかしな気になった。だから隣同士で静かに休む夜が多くなっていった。

夫は他の女性とならば性を楽しむことができたのだろうか。私は何も尋ねなかった。夫も何も言わずにあの世へ逝った。

5

午前八時半、三日ぶりに山下さんが電話してきた。

初めて檸檬へ行ってからはお互いに連絡し合う。畑で会ったり、お昼を一緒に食べたり。作物の相談にものってくれ、時には自分の畑よりも先に私の方を耕してくれたりもする。その代わりに私も畑へ寄った際に山下さんとこの水まきをやってあげる。もちつもたれつである。

朝の挨拶とあっさりと近況を交換したところで、「磯部さんはお盆、どうされますか」と聞かれた。

「そうね、お墓参りしてから、久しぶりに叔母に会ってこようかしら」

「実は娘がアメリカから帰国するので一緒に食事でもしませんか」

「止めときます。もうね、知らない他人の前にしゃしゃり出て、あれこれ気を遣っておしゃべりしたくないんです」

「他人たって僕の娘だし」

「あなたが他人なんだから、あなたの娘だって他人でしょ」

山下さんが面白そうに笑った。こうして笑ってくれるからなかなか付き合いが切れない。自分の笑い声を自分で聞いても楽しくない。けれど誰かが私の言葉で笑うと、それだけで、こんな私だって生きていていいんじゃないのって思う。人、一人笑わせたのだから。

「じゃー今度はいつ会いましょうか。娘が来る前だったら時間調整が自由にできますが」

「年金暮らしの私たちに時間調整なんて、ちょっと偉そうじゃなくて？　そうそう、お宅のトマト、たくさん実がついていましたよ」

結局、これから畑で待ち合わせになった。

いつものように一緒にお昼を食べるだろうから、お出かけ用の準備をする。若い頃なら何を着ていくか、鏡の前でいろいろ試着し迷ったりしたものだ。そういう時間はどんどん削られていく。まぁこれくらいでいいだろう、という限界や諦めが早めに生まれる。それとともに年を取るにつれてより自由な気分を味わう。多分、まだ体が思うように動かせるからで、もし足腰が弱くなり歩行困難にでもなれば、こんなことを言ってはいられなくなるだろう。それもわかっているからこそ、今が大事である。

その点、山下さんも細かなことに拘らず、その時々にできる範囲で満足する人だから手間がいらない。思ったらそのままぶつければ済むから気が楽である。気を遣わなくていいって、こんなに大層重要だとは以前は思わなかった。

山下さんと会うのでジャージーズボンではなく伸縮自在のジーンズをはく。ウエストはゴムで動くのも楽。身の回りの全てを楽な方へ、楽な方へとなびかせていく自分を止められない。それを理解してくれ、年を取ってくるとそうなるものだ、と頷き合える友人がいるのはいいものである。あの夫ともこんな関係になっただろうか。案外、老化していく自分の弱みは見せないように気を張ったかもしれない。長年夫婦でいると、夫だけには負けたくないという奇妙なライバル心が育つ。それも今では懐かしく思い出せるが。

畑で隣り合わせに作業をしていると山下さんが鼻歌を歌う。歌を口ずさむ癖なんて昔はなかったそうだ。妻を亡くし、しばらくすると、体を動かしていると自然に歌が出てきたと言う。案外、山下さんは一人暮らしが合うタイプなのかもしれない。

「そんなに歌うのがお好きなのに、時々メロディがおかしくなりませんか?」

悪いかと思ったけど正直に伝える。友人だからこそ本当のことを教えてあげなくては。

「さすが、磯部さん、よくおわかりで。実は高校時代、音楽が選択科目だったのにいつも赤点で。どうも僕は音符と一緒に歌わずに、自分で作曲して新しい歌にしてしまうんですよ」

左様でございますか。山下さんが名曲に作り変えてくれるなら山田耕筰もシューベルトも何も文句はありませんよ。と思うだけで口には出さない。

山下さんが何を歌おうと、私は意識を自分の手の動きに集中する。奇妙な歌を聞きながらも雑念に囚われないように試みる。ただ今を切に生きよう。先日テレビでお坊さんが説教していた。それを実践するのだ。そう思いついた途端、何だあの男は、と呆れ顔の夫が出てきた。誰かを小馬鹿にする際の小鼻を膨らませ、目を細めにした表情。夫が目に浮かぶようではまだまだ修行が足らない。

雑草を抜き、枯れ草を取り除き、葉についている虫をつまみ、ゴミ袋へ放り込む。風が全く吹かず、じっとりと汗が流れてくる。タオルで顔を拭っているうちにどんどん化粧も取れていく。この後は冷房の効いた檸檬へ行くのだから、と言い聞かせ、せっせと手を動かした。

6

この日、檸檬でのいつもの席が塞がっていた。

カウンターで並んでランチを食べる。席の後ろをママが行ったり来たりし、注文の声が頭の上を飛び交う。落ち着かない。ほとんど会話もせずに食べ終わった。マスターが「空きましたよ」と教えてくれ、お店の隅に移動する。

向かい合わせに座った途端、山下さんはリュックからごそごそとコピー用紙を取り出した。

「マンションの資料をコピーしてきましたよ。お宅でゆっくりと読んでください」

山下さんは私の家を知っている。中に入ったことはないけれど玄関先までは来ている。

我が家は私鉄電車の駅から歩いて十分で、小道が迷路のようで初めての人にはわかりにくい地域である。便利がいいし、大声を出せば隣近所に聞こえるから一人暮らしでも不安はない。夫が残してくれた生命保険金と遺族年金などで暮らしているが、ただ家が広過ぎるのが苦になってきた。四十坪にも満たない建売住宅で一階に三部屋、二階に二部屋ある。結婚早々、夫と私の両親に援助してもらった。二階の二部屋は子ども部屋のつもりだった。夫の両親が亡くなってからはあちらの親戚付き合いは途絶えた。私の方も連絡を取り合うのは遠くに住む四歳下の弟と叔母の二人だけである。

そんな私に山下さんは年を取ってきたら、それも一人なら鍵一つで外出できる集合住宅が相応しいと勧める。以前から話の折に、自分の住んでいるマンションが売りに出たら住み替えたらどうかと誘う。それで管理組合の規約などを持ってきてくれたのだ。

「ありがとうございます。ごめんなさいね、まだ私は今の家に愛着があるし。それに人生のほぼ半分、主人と暮らした家でしょ。主人がいなくても一緒に住んでいるようで」

「それは確かにそうでしょう。僕は人間生きているうちが花、死んだらおしまい、と思っています。快適に楽しく生きていかれれば、それこそご主人も喜ばれるんじゃないですか。ただし、これは磯部さん用に言っているだけ。僕自身は死んだ人はどこにもいないと思っていますよ」

私の反応を気にするでもなく、山下さんは砂糖をスプーンにすりきり一杯コーヒーに入れ数回頷いた。

夫が死後もあの世で私を心配しているかはわからない。ただ私はこの世で生きているから、命ある限り毎日頭の中であれこれ考えたり、想像したり、死者を思い出して一人勝手に会話をする。

山下さんはお嬢さん一家がご主人の転勤で外国へ行き、家族で泊まりに来ることもなくなる。それで戸建てからマンションへ移った。お嬢さんは介護付き施設を勧めたそうだ。だが山下さんは拒否した。何かあったら心配だからといって娘に安心感を与えるために自由を束縛されるのは敵わん、という理由である。

「山下さんはお年召してから住まいを替えられても、すぐ新しい環境に合わせてお暮らしになっています。偉いですわね。私は知らないところへ行ったらどうなることやら」

「そんな大げさに考えることはないです。どこでだって人間、生きていけますよ。高々百年にも満たない我々の命ですよ。好きなようにやりましょうや」

高々って言ったって、それは私たちがこの世で生きる、与えられた貴重な時間である。山下さんの声を耳で受けながらも、私は時間が消え、自分も消滅する彼方の暗闇を思い描いた。そこへ私はいつ行くのだろうか。

「人間いつかは死ぬのだし、いいですよ、孤独死でも、いつの間にか亡くなっていたって。僕はちっとも構いません。心中以外、死ぬときはみんな一人です。実際、心中だって、一緒に死ねたかどうか自分にはわかりませんよ、自分はもう死んでいるのですから」

私に聞かせるでもなく、誰か見えない人に向かってしゃべっているように山下さんは話した。それから照れくさそうに笑いコーヒーカップを手にした。

いつの間にか山下さんとの縁が生まれ、共に時間を過ごしている。こんなことだって夫が亡くなった後、これっぽっちも想像しなかった。畑を借りた、隣が山下さんだった、蔓が勢いよく私の方へ伸びてきた。それで生まれた縁である。そう考えると益々この先の人生もどうなることかと思う。しかし私は山下さんのように、何とかなるとか、どうにでもなるなどと楽観的には考えられない。なるべくなら人様に迷惑をかけず、上手にあの世へ逝きたいと思う。

7

九月初旬、町内会で恒例の「敬老の集い」が開かれた。

以前は六十歳以上を招待したが、高齢者の増加に伴い、六十五歳以上に変わった。午前十時から催しものがあり、十二時から昼食、一時閉会である。町内会以外の人でも紹介者がいれば五百円の会費を払って参加できる。

山下さんを誘ってみた。嫌がるかと思ったが、お昼を食べるつもりで行きますよ、と受けてくれた。

今年、私は役員ではないし、本来は招待客の一人である。けれどもボランティアとして、畑の野菜を提供し、ついでに料理作りも手伝った。けんちん汁用に里芋を洗い、皮をむく。朝八時からみんなと準備を始めたが気分はいい。昨年は保健委員だから仕方なくという気持ちだった。それが今回は心身ともに軽い。山下さんが来るからかもしれない。彼に対して好きというような熱っぽいものはない。勿論嫌いではないが、お互いに何か困ったことはないか、元気にしているか、と気遣い合うあっさりとした間柄である。それでも服装を気にし、口紅をちょっと濃い目にぬりたくなるから自分ながら面白い。

会場の二階をちょっとのぞいたら、最後列の右端で胡坐をかいて座っている山下さんの後頭部を見付けた。声をかけようかと躊躇《ちゅうちょ》していたらちょうど振り向いた。

「あっ磯部さん、お招き頂いてありがとうございます」

周囲に人がいるのに、はっきりと大きな声で挨拶する。山下さんらしい。誰かにあの二人はどういう関係かと推測されようと気にかけない。大雑把といえばそうで、他人の思惑に神経を使わないのである。

二時間の余興のほとんどは大学の落語研究会の学生さんの漫才や落語、マジッククラブの皆さんの手品、それと町内で教室を開いている尺八とお琴の先生方の演奏だった。

一昨年、六十五歳の時はお客として参加したが、どうも場違いな気がして居心地が悪かった。長生きおめでとうございます、とお祝いをされても、これは自分の力ではない。夫が五十七歳で死んだのが彼の責任ではないように。たまたま、幸いにも、何の理由か、何のおかげか、今日も生きている。ただ、それだけ。

敬老会では後片付けがあり、会が終わっても山下さんに挨拶はできなかった。その後、お手伝いの人たちとのお疲れさま会があり、二次会にも顔を出した。

町内会の人たちとの話題は子ども、孫、両親の介護などが多い。子どものいない未亡人の私は黙って聞いている。

「磯部さんはこれからもお一人であの家に住むの」「いいわね、もう両親の介護は済ませて」「子どもがいたって結局は人間、一人よ」と私に向かって問いかけや念押しが投げ掛けられる。どれにしても心底からの心配や気がかりではなくて、その場の会話の流れにのって私の方へ流れてくるだけである。それもわかるから曖昧に微笑んだり、頷いたり。そのうち、風は別のところへ吹いていく。

夜、山下さんにお礼の電話を入れた。おしゃべりしながら、町内会の人たちと話すよりは随分身近な人になっていると改めて思う。お互い、本音で話せる。

「老人会に初めて出ましたが、どうも僕には合いませんな。周りを見渡したら年寄りばかりで。景色が面白くない」

「だって老人会ですもの」

「じゃ、磯部さんはご自分を老人だと思っていますか」

「はい。これまで長く生きてきましたし。最近ほんと、疲れやすくなりました」

「ハッハ、そうですか。磯部さん、疲れたら寝て、また元気になったら動けばいいんです。わざわざ、年取った、老人だからなんて考えなくたっていいんじゃないですか。ハッハ」

山下さんは会話におまけを付けたように笑った。

こんなに明るく割り切って考えられるなんて。それまでに相当の辛い経験をして真逆になったか、根っからの楽天男か、山下さんはどちらなのだろう。


差し歯になっている奥歯が痛んだ。年に一度、年末しか行かない歯医者へ仕方なく出かけた。歯茎が弱っているからその状態に合わせて差し歯を作り直すことになった。

受付の女性がいなくて、先生の奥さんが座っていた。

治療中も気になったから、帰りがけに、「今日は高杉さん、お休みですか」と先生に尋ねた。思ってもみない答えが返ってきた。

「磯部さんはご存じなかったですか。高杉さん、残念なことに六月に亡くなられたんですよ」

「えっまぁー。まだお若かったのに。そうでしたか。どうもすみません。全く存じませんで」

「私もびっくりですよ。朝、出勤時間になっても来ないので、どうしたのか、家に電話を入れようかと家内と話していたらお母さんから連絡があって。いつもの時間になっても下へ降りてこないので、お母さんが二階の高杉さんの部屋へ行ったら、もうベッドで冷たくなっていたって。司法解剖になったそうですが心不全でした。突然で未だに信じられません」

「まだ三十代だったでしょ。本当にまだまだこれからでしたのに」

「三十三歳でした」

「ご両親はさぞお辛いでしょうね」

先生は少し間を置いた。それから天井を見て、次に私の首もと辺りに話しかけるように頷きながら声を出した。

「……人は病気で亡くなるのではなく、寿命で死ぬ。父がよく言っていました」

8

畑で山下さんと待ち合わせた。一時間ばかり農作業をして檸檬へ行く。

この頃午前中に山下さんと畑で会えば、その後檸檬でランチを取る。日替わりメニューでコーヒー付きの八百円だから、週に二回食べても大きな出費にはならない。必ず割り勘である。これもお互いに負担がなくていい。

この日、歯科医院での出来事を話した。

「先生からいい言葉を聞いたと思って。これから年を取っていくのも何だか楽しみになりました。私の寿命って幾つかしらって。夫が五十七歳で死んだことが、やっと今になって、受け止められるようになった気がします」

日々の暮らしの中での些細なことを話す相手がいるのはありがたい。歯科医のお父さんの言葉をこうして山下さんに伝える。私は伝書鳩である。誰かがもらした話が頭に残ると、誰かに伝えたくなり、そして話していると更に自分の中でその言葉の力が強まっていく気がする。

「でもね、磯部さん。僕は人の寿命はどこにもありゃしないと思っていますよ。死がきたら死ねばいいんですよ。病気になったら治そうと努力はしますよ。僕にはあの世より、この世の方が面白いことが多そうに思うから。長生きはしたいけど、やるだけやって、だめなら、あっそう、あの世へ行くかってね。あの世がどんなところか行ったことがないからわからないし、あの世があるかどうかもわからないでしょ。一度死んでみるのもいいか、の、乗りですよ」

山下さんと付き合いが始まってまだ数ヵ月である。この人はこんなふうに考えているのか。

右目の下にある小さな三日月のシミを見ながら聞く。

ママが運んできた今日のランチは麻婆豆腐の小鉢に生野菜サラダ、ピーマンの肉詰め、お味噌汁。私のご飯はお茶碗で山下さんはどんぶりに盛ってある。男性でも女性でもたくさん食べる人が好きだから、山下さんのように食べっぷりがいいとそれだけでも好ましい。

「ところで、磯部さん、家はどうします？　マンションに引っ越していらっしゃい。いいですよ、隣同士で住むのも。たまにはお互いの家でお茶を飲むとか。付かず離れずの隣人というのは何かと心強いものですよ」

「お宅のお嬢さんは私のこと、何ておっしゃっていらして」

「女友達がいていいね、ですよ。自宅を処分する時に娘とは散々言い争いをしましてね。家内が入院中にも随分世話をかけたし。それでもって娘の言うなりにならない親父なんか、もう勝手にしろってとこじゃないですか。いずれにしろ僕は娘の世話にならず、一人でやっていこうと腹を決めました。ハハハ、腹を決めたって何も変わりありませんがね」

「私は最後の始末は弟に任せ、やってもらおうと思っています。財産っていってもボロ家だけですけど」

「何も心配することないですよ。今はね、遺品を整理してくれる会社もありますから。最後の最後に、資本主義社会に生きていた一員として、死んでからどっかの会社に儲けてもらうのもいいじゃないですか」

　山下さんはマンションに売りが出たら移ったらどうかと、相変わらず誘う。お互いの世話をし合う目的ではなくて、気心の知れた人が身近にいるというために。ただ緊急時には救急車を呼ぶ、何かあれば重要な人だけに連絡する。この程度はお互いにやりませんか、と。

弟に後始末を頼もうと思っているが滅多に会わない。法事か、弟の子どものお祝い事で顔を見るくらいである。私がどんな気持ちで日々暮らしているかを知っているのは最近では山下さんである。

山下さんとこういう話が出る度に夫が出てくる。夫はもし私が山下さんの考えに従ったら何て思うだろう。私は山下さんのようにきっぱりと死者と生者とに分けて割り切っては考えられない。何だかおかしくなる。夫が生きていたときは好きも嫌いもなく、夫という名の着ぐるみを着た同居人と思っていた。それで自分の気持ちの整理をしていた。いなくなってみると、結構自分の内面にいろいろな足跡を残していったとわかる。夫は死んでも私の中で生きていて動く。何しろ山下さんは異性である。この年になって男女の友人は成り立つか、なんて誰かに相談したら笑われるのが関の山だろう。

山下さんが何かしゃべっていたが、私は耳を傾けず考えを巡らしていた。

「磯部さん磯部さん、ほらほらちょっとは僕の話も聞いてくださいよ。いくら年を取ったって男と女ですからね。同じマンションに引っ越すのは迷うはずですよ。でもね、僕は友人、そしていい隣人になりますよ。大丈夫です、安心してください。露天風呂に一緒に入ったって、ちゃんと行儀よく、磯部さんの隣で大人しく温まっていますから。あっそうだ、どうです、紅葉を見に温泉にでも行ってみますか」

ああーやっぱり山下さんだ。私は吹き出した。

旅立つ人へ

「故渡邊直行様告別式場」の立て看板の文字が、向井孝子《たかこ》の目に入った。赤信号でバスが止まったからである。

一人掛けの座席から左窓を見たら、彼の名前が木の板に書かれていた。一瞬同姓同名かと思ったが邊の字は滅多にない。渡邊さんの自宅がこの辺りかどうかは覚えていなかった。葬祭典礼会館の営業用ワゴン車が駐車場に一台止まっているだけで人影はない。

孝子は走り出したバスの窓から体をひねって振り返った。あの場所が渡邊さんのあの世へ逝く最後の舞台になった。生者として登場したのではなく、死者として人々の前に現れた。偶然その場所に自分は居合わせた、いや通過した。

一人ひとりの人生には何かしら見えない糸が編まれている。年を取るにつれて、孝子はそんなふうに考えるようになった。彼とも何らかの糸が繋がっていた。まだ彼との果たし切れないこの世の縁が残っていたのだろうか。そう考えると、不謹慎にも悲しみとともに微かなうれしさがこみ上げる。

六月下旬、孝子は混声合唱団の練習で市外へ出かけた。

二年前に入った合唱団は百五十人にも及ぶ大所帯で、対応できる練習場所は市内でも少ない。月に一回行われる日曜練習はその都度場所が変わった。この日の会場は孝子には初めてだった。余裕を持って早めに出かけ、お昼を向こうで摂るつもりだった。そのおかげで孝子はあの看板を見てしまったのである。

渡邊さんの葬儀が終われば看板はすぐ次の人の名前に変わる。もしバスの右側に座っていれば気付かなかっただろうし、あるいは練習場所が別の会場なら彼の葬儀を知ることはなかった。ひょっとしたら彼の生死を考えたり、思い出したりする機会も生まれなかったかもしれない。それくらい淡い縁の人である。それなのにこうして最後の場に出合うとは。

渡邊さんとは孝子が二十七歳で結婚するまでの数年間だけの付き合いである。その後は一度も会っていない。当時彼は三十代半ばで、孝子の姉の朋代《ともよ》よりも二、三歳年上だった。そうすると彼は七十代前半で亡くなったのか。姉が既に鬼籍に入っていることを彼は知っていただろうか。

——安らかにお眠りください——。

孝子は目を閉じて記憶している渡邊さんの面影に語りかけた。

バッグから手帳を取り出す。六月二十二日の日付欄の空白に、渡邊氏旅立ち、とボールペンで小さく書き入れた。

五十代半ばで一人娘が手元を離れた。それからは二歳年上の夫と夫婦だけの暮らしになった。一年があっという間に過ぎ、毎日が流れていく。こうしてはいられない、という焦りと、では何をしたいのか、と自分自身に問いかけても何も返ってこないのが情けなかった。それに反して夫は定年までの残り数年を、最後の会社員生活を謳歌《おうか》するかのように変わった。以前と異なり生き生きと出勤する。「こんな経験、もうできなくなるからな。今のうちだ」とよく口にする。そんな夫に、心の虚しさを打ち明けるのは自分の負けを認めるみたいで、素直に話す気にはならない。

年を取ったら夫婦はお互いに労わり合い、思いやりを持って、などと言う評論家がいる。訳知り顔の彼らに、何を言っているのよ、と孝子は反発したくなる。長年共に暮らしている夫は、この人だけには負けたくない、と思う相手である。小さな勝負を毎日している。クイズ番組に始まり、推理ドラマの犯人捜し、すぐに出てこない有名人や知人の名前をどちらが先に思い出すか。夫は身近なライバルである。何か忠告されても一番耳を傾けない人、といえばお互いになるのではないだろうか。一方で三十年近く一緒に暮らした夫は親以上に縁が深く繫がった人だとも思う。些細なことに拘るなんて、と頭ではわかっている。だが小競り合いは日常茶飯事である。

たまたま役所で手に取った合唱団員募集のチラシを見て、高校時代コーラス部で歌っていたのを懐かしく思い出した。またやってみようと決めたのは、夫に自慢できる何かを見せつけたかったし、毎朝行き先のある夫に少々引け目を感じていたのかもしれない。

「今度私、コーラス始めるから。オーケストラと一緒に歌うのよ」

夜、テレビの前でくつろいでいた夫に告げた。

「何だって、コーラス？　そうか、ボケ防止か」

夫は新聞のテレビ欄を見ながら、顔も上げなかった。


バスは商店街が続く道路から、木々が色濃く追い茂る雑木林の中の迂回道路を走っていた。

「県民健康の森」と呼ばれている森には県の医療研究所や福祉施設が幾つか点在している。

野生の額紫陽花だろうか、時折緑の中に白い花が見える。どんよりと雲が覆っている空から雨はまだ落ちてこない。今朝の天気予報では朝から雨が降り、午後は雷雨にもなるらしいが早々に外れている。

渡邊さんを悼む気持ちと同時に、バス停名の案内を聞き逃さないように孝子は耳をそばだてる。窓ガラスに触れるくらい近付いた枝をよけようと頭を動かした。その無意味さに気付き、思わずふっと笑いを洩らした。周囲を見回す。誰も孝子を見ていないし、乗客に知っている顔はなくて安心する。

バスは「老人保健センター」に停まり、数人が降りた。次の「子ども福祉センター」でも降りる客だけで乗車する人はいない。「県民健康プラザ前」とアナウンスされるといち早く誰かが停車ボタンを押した。ほとんどの乗客がここで降りる。孝子は最後に降車した。

目の前に高層ビルが建っている。豊かな森の中に突然人工的な建物がそびえ立っているのが、孝子には不釣り合いに感じられた。鉄とガラス、コンクリートの建物が空に向かい、異様に背伸びをしているようである。

玄関ホールは大理石の床で、中央に滝が流れている。周囲に置かれたベンチにさまざまな年代の人たちが座っていた。休日のせいか、子どもの姿が目につく。

売店の店先に「産地直送」ののぼりを立て、半被《はっぴ》を着た人たちが野菜を販売している。孝子は立ち寄って何か買いたくなったが、野菜が顔を出したビニール袋を提げて、ハイドン作曲『四季』の練習会場に出るのもおかしなもの、と思い直す。施設案内カウンターに寄り、建物のパンフレットを手にする。最上階の十二階にレストランがあった。

一人で外食するのは久しぶりである。夫か、娘夫婦、あるいは友人と食べる機会はあっても一人は滅多にない。

エレベーターに乗る前に洗面所に行く。大理石の洗面台はまるで一流ホテル並みである。

楽譜、魔法瓶、冷房避けのショール、晴雨兼用の日傘などが入ったトートバッグから化粧ポーチを取り出す。先日美容院で染めたばかりの髪はしっかり根元から黒色が入っている。やっぱり自分で染めるのとプロとは違う。茶色にも染めてみたいが、夫は「黒が一番いい、日本人だぞ。チャラチャラした色なんかやめておけ」と言う。この点は夫に逆らわない。緩くパーマをかけた肩までの髪をブラシでとかす。もう何十年と同じ髪型である。これから食事をするというのに口紅を塗り直す。それだけで顔色が明るくなった。

「孝ちゃんは顔が小さいから化粧品が少なくてすむね」と渡邊さんに言われ、姉と大笑いした日が蘇った。数えるほどしか会っていなかった渡邊さんなのに、こんな何でもない場面を覚えていた。

目も一重で、顔の造作全てが小ぶりの孝子は、子どもの頃から目鼻立ちのはっきりした姉が羨ましかった。二重の姉を見ていると、同じ親から生まれてきたのかしらと悩んだ時期もあるが、もう姉と並んで鏡に顔を映すことはない。

白い半袖ブラウスの襟元のフリルを直し、ペンダントの石が胸中央にくるように鎖を動かす。ベージュのスカートに締めたベルトを回す。このスカートは姉の遺品である。衣装持ちだった姉の洋服の中から姪が孝子に着られそうなのを送ってくれた。姉は大柄で孝子より十センチほども背が高かったから実際に着てみたら似合うのは少なかった。結局ほとんどの衣類を処分してしまった。その中でこのスカートは孝子がはくと、ふくらはぎに届くくらい長めの丈になり、裾が波打つように揺れる。それが気に入り、外出用にしている。渡邊さんの葬儀の日に姉のスカートを身に着けていた。こんなことでさえ、孝子は何かの計らいに思ってしまう。

三方向をガラスに囲まれたエレベーターがするすると上がっていく。森の中にテニスコートや野球場、小さな動物園、遊具が配置された広場が見下ろせる。

レストラン入り口に黒い制服のボーイが立っていた。一瞬孝子の足はひるむ。公共施設内だからファミリーレストランのような所を想像していたが、まるで異なる佇《たたず》まいだった。

『緑の館』と横書きの木の板がドアの上にかかっている。額縁のようにポトスがその板を縁取っていた。こんなにうまく巻きつけて、と感心しながら視線を下へ向けると、蔓は足元の陶製の鉢から伸びていた。

――なかなか素敵じゃない――。声には出さずに孝子はボーイと顔を見合わせた。彼の目にサービス業に従事する者らしい抑制された笑みが浮かんでいる。入り口横の手書きの黒板を読む。食後の飲み物付きランチで二千円とある。孝子は「一人ですけど」とボーイに話しかけた。ボーイは頷き、明確な歓迎の微笑みを表す。そして滑らかな動作でドアを開けてくれた。

ウエイターは窓際の席に孝子を案内した。椅子を引く彼の動きに合わせて腰を下ろす。手渡されたメニューに目を通す。ランチのメイン料理をローストビーフ夏野菜添えに決める。

ガラス窓の向こうに森が広がっていた。とび抜けて背の高い木は見当たらない。それぞれの木が全体の調和を保とうとして伸びているかのようである。そんな考えが浮かび、孝子はもう一度目を凝らす。

携帯電話を取り出した。留守電が入っていないか指を動かす。

「お昼は冷蔵庫にあるもので適当に食べてね」。そう出がけに夫に頼んできた。けれども多分面倒になって、夫は近所のコンビニへお弁当を買いに行くだろう。

たまには私だって一人でレストランにも入るのだから。

孝子は夫に勝ち誇った気持ちになろうとしたが、それ以上に一人で食事を始める手持ち無沙汰の方が強かった。

灰色の曇り空と森の彼方に、顔をくしゃくしゃにし、大きな目をより大きくして孝子に笑いかけてくる渡邊さんがいる。今頃渡邊さんは荼毘《だび》に付されているのだろうか。この空を覆っている雲に渡邊さんの燃えた煙も混じっているのだろうか。

渡邊さんと出会ったのは孝子が二十代の頃である。短大を卒業し、就職したが三年勤めて退職。その後、書店でアルバイトをしていた時期である。

当時七歳上の姉は既に結婚していて、子どもが二人いた。両親と三人暮らしの日々から抜け出す先として、一時間かけて姉の家へ遊びに行ったものである。

七歳も違うと姉妹という関係ではなくなる。姉は年の若い母親みたいな存在だった。

初めて生理を迎えたとき。学校の授業でその仕組みや手当ての仕方などは教えてもらっていた。だが突然の出血に、恐怖と不安を打ち明けた相手は母ではなく姉である。

「あら、なったの。孝ちゃん、おめでとう！」と明るく返された。どうってことないのだ、と安心したのは姉のおかげである。

「孝子には二人ママがいる」

孝子の友人たちはこう言っていた。考えてみたら一度も姉とけんかをした覚えがない。両親が不在でも姉が家にいれば寂しくもなかった。

姉夫婦はゴルフと麻雀が好きだった。

孝子は姉から頼まれると喜んで姉の家へ出かけた。徹夜麻雀の夜は、姉の代わりに子どもたちとお風呂に入り一緒に眠った。ゴルフ場で姉たちがプレイをしている間、子どもたちと遊ぶのが孝子の仕事だった。

渡邊さんは義兄の高校時代の友人で、結婚後よく遊びに来るようになった。姉夫婦のゴルフと麻雀に欠かせない人だった。

姉の家で最初に会ったとき、爪楊枝を咥《くわ》えていた。おじさんくさい、が孝子の印象である。

「姉の妹の孝子です」と挨拶したら、「おお、孝ちゃんか」と家族でしか呼ばれていなかった呼び方でにっこり笑った。目尻に皺が何本もできて、おじさん顔から愛嬌のある人に変わった。「よっと」とちょっと変な掛け声を出し、ぬっと孝子の前に右手を出した。ぼーと突っ立っていた孝子の手を取り、強引に握手した。あっけに取られた孝子に、「孝ちゃん、よろしくな。お兄さんもお姉さんもいい人だから、俺もいい人だぞ」と豪快な笑い声を上げた。

後で「渡邊さんってどういう人？」って姉に尋ねた。

「面白い人でしょ。うちの人と高校時代からの友達よ。ああ見えても会社では出世頭。インドネシアやフィリピンなどへゴムの輸入の仕事で行くと、現地の人たちともすぐ打ち解けちゃうらしい。それがね、麻雀になると、途中から方針を変えないのよ。頭、硬いわよ」

姉は楽しそうに説明した。

姉の家で会う人の中でも、彼の見栄えはよくない方だった。中肉中背、肌は茶色といえるくらい日に焼けていた。髪の毛は真っ黒で上に立って硬そうだったし、四角っぽい顔に目と鼻が大きく目立った。学校時代のあだ名がベース盤だったと聞き、やっぱりと孝子は思った。

それでも渡邉さんから「孝ちゃん、お水」と大きな声で頼まれると、何だかうれしかった。「はーい」と元気よく返事し、グラスを持っていったものだ。渡邉さんは「よっと」と喉から例の独特の声を出した後、「ありがとな」と微笑む。負けていても笑顔は絶やさない。

こんな渡邉さんだったから、おじさんと思ったけれども孝子のちょっぴり気になる人だった。けれど好きとか恋なんてものではない。ただ姉夫婦の友人たちの中で一番興味を持った人と言うのがふさわしい。姉の話題に渡邉さんが出てくれば耳を澄まし、姉や義兄に悟られないよう、渡邉さんについて尋ねたりした。けれど直接本人に何かを聞いたことは一度もない。一年に数回会える年もあれば、半年以上も顔を見ない期間が続いたりした。

じゃがいもの冷製スープを口に運びながら、孝子は夫が和食党なのを有り難いと思った。

こんなスープなんて作ったことがない。一年中、お味噌汁と白いご飯があればいい夫は、ある意味で助かる。あれやこれやと食事に注文をつける夫は手がかかって煩わしい、と友人は嘆く。ただし、何も文句をつけない夫だったから料理の腕も上達しなかったと言えるかもしれない。人生と同じで、物事は取り方によっては左右どちらにだって転がる。ただ出来事があり、それを人は自分の思いに沿って受け取るだけ。この受け取り方の差が生きる道となっていくのだろうか。

ぶつぶつと地面から温泉が湧き出るかのように、取りとめもない考えが孝子に浮かんでくる。スープを口の中で十分味わった後で喉に流し込んだ。スプーンをカップの脇に置く。おいしかった、と呟く。

サラダの皿とは別に三種類のドレッシングソースが運ばれてきた。初めからサラダにドレッシングがかけられているのには不満を持っていたから、なかなかきめ細かなサービスだと感心する。今度夫を連れて来ようかしらとも思ったが、自分がいいと褒めたものには何かしらケチをつけるから、娘夫婦から誘ってもらった方がいいかもしれない。

店内は半分ほど埋まってきたが、子ども連れの客はいなかった。静かに食事をする大人たちばかりで、声高にしゃべる人もいない。ＢＧＭも流れていなくて、時々誰かのナイフの音や「お待たせしました」とボーイの声が聞こえてくる。

徹夜麻雀も、ゴルフコースを二回続けて回るのも平気だった姉は六十三歳で亡くなった。「病院はお産でしか入ったことがない」。こう言って自慢していた姉がこんなに早く死ぬとは誰も想像しなかった。乳がんで一年間ほど入退院を繰り返した末だった。両親は既にあの世へ送っていたから、逆縁だけは避けられた。孝子はそれを幸いの一つに数えた。

姉は病状が落ち着けば自宅で療養し、放射線治療や具合が悪くなると入院した。孝子は姉の家には行かず、病院へ、それもなるべく姉の家族の行かない日を選んで寄るようにした。たまには泊まったりもする。姉は個室で室内にはソファベッドやシャワールームもあった。ビジネスホテル並みに設備が整っていた。

骨折したときも大部屋だったし、出産で数日個室に入っただけの経験しかない孝子には入院費用が相当な出費になると心配した。それを口に出すと、「保険よ、保険。こういうときのために払っていたのだもの」と姉は答えた。

時には病室で義兄に会ったりしたが、彼が泊まることはなかった。「会社があるから」と姉は言う。その頃姉夫婦の仲は冷え切っていたから、そのせいもあるかもしれないと孝子は推測した。

将来の不安や痛みを抱え、夜一人で眠る姉は辛かっただろう。夫婦仲が悪くなっていた時期に重い病気になってしまった姉。あらゆる面で夫に頼らざるを得ない状況で、姉は以前のように強気で立ち向かうなんて出来なかったに違いない。乳がんが相当悪い段階だとは知っていたが、治療を続ければ必ず全快すると信じていた。そのために左胸を全摘したのだ。そう孝子は思っていた。だが後で思い返してみれば、義兄は医師から姉の余命を告げられていたのだろう。それを隠していたのではないだろうか。でも今更真実がどうであろうと死んでしまった姉は戻らない。

孝子が病室に泊まった夜にはポツポツと昔の思い出話などが出る。過去と現在が行き来する中で、時折姉は義兄についてこぼした。「帰宅が毎晩遅くて」「話しかけてもいつも不機嫌で会話が続かない」「冗談を言っても笑わない」。だがこういったことは孝子自身も夫に思うことがある。だから孝子はただ黙って聞いているだけだった。

姉は夫婦の問題を誰かに相談したのだろうか。行動力や決断力のある姉と比べ、取るに足らないような小さな悩みまでも母や姉に相談していた自分はさぞ頼りなかっただろう。

自分と夫とだって、決して仲がいい、うまくいっているとは言い切れない。山あり谷ありというほどの起伏もなく、平凡というか、なだらかな平地が続いているような結婚生活である。姉は義兄の友人関係などからしても幅広い付き合いがあって楽しい日々も多かったはず。姉の暮らしをたまには羨ましく思っても、お客が多いのは煩わしいし、徹夜麻雀などしたくもない。ゴルフのために夜明け前に起きるなんて、ご苦労様である。

姉夫婦の仲はいつ頃から悪くなっていったのだろうか。

義兄は姉の一周忌を終えると、全く孝子の知らない女性と暮らし始め、それ以来付き合いは途絶えた。三回忌の知らせもこなかった。たった一人の姉、その家族との縁は切れた。

「こちらが本日のメインディッシュ、ローストビーフでございます。炭火で丁寧に焼き上げてございます。付け合わせは有機野菜のベビーコーン、ニンジンのグラッセ、オクラなどです。素材の味をお楽しみくださいませ」

姉と義兄との日々を思い出していた孝子にボーイは説明した。

大きな丸い白いお皿に美しく盛られた料理を見る。

「どうぞ、ごゆっくりお召し上がりくださいませ」

最後にボーイはこう告げて立ち去った。

一人で四人用のテーブルを占領しているのに申し訳ない気持ちを抱いていたが、ボーイの言葉にほっとする。ワサビと粒マスタードの小皿から、マスタードをフォークで少し取り肉に載せる。ピリッとした辛味と肉の微かな甘みが溶け合う。嚙む度に肉の味わいが口の中に広がる。ローストビーフの柔らかさにこれはやはり夫に食べさせてあげたいと思う。今度はワサビをつけて、とフォークを持ち直す。

食事の初めは少し緊張していたが、一人で食事をする流れに自然に乗れたようだ。ナイフとフォークをゆっくりと動かし、口に肉を運ぶ。嚙みながら、緑の森を眺める。

入院中一度だけ姉から渡邊さんの名前が出たことがあった。十二月の初め頃である。姉はお正月を自宅で迎えたいと回診の主治医にしきりに頼んでいた。もう少し様子を見てからとしか答えがもらえず、姉は気落ちしたようにぼんやりと天井を見ていた。少し眠るかもしれないと思い、孝子は話しかけずにソファで雑誌を読み始めた。

「ねぇ孝ちゃん、渡邊さん、覚えている？　ほら、あの色の黒い」

姉が顔を上に向けたままで言った。

「もちろん。面白い人だったよね。あの人が部屋の中にいるだけで二、三度は室温が上がるみたいで」

「ほんと。孝ちゃんもそう思った？」

顔を横にした姉と孝子は目を合わせた。姉の唇が少し開いて歯が見えた。

「最近会ってないの？　お姉ちゃんの病気、知っている？」

「もう何年も会ってないわ。病気なんて、わざわざ知らせることでもないでしょ。子どもが小さかった頃は孝ちゃんに来てもらって徹夜麻雀したわね。何がそんなに楽しかったのかしら。ほんとよく遊んだわ」

「渡邊さんか、懐かしい。今どうしているのかしら」

「……七、八年くらい会っていない。うちの人、部署が変わって休日にも仕事が入るようになったじゃない。時間が合わなくなって。それにみんな年取ってきたし」

姉は孝子から顔を背け、また天井を眺めた。

「……私、渡邊さんとだったら夫婦としてうまくやれたのかしら。人生の途中から、もう一度相手を替えて、結婚してうまくいくのって……」

孝子に聞かせるでもなく、問いかけるでもなく、独り言のようだった。あまりに静かな言い方だったから、孝子は聞こえない振りをした。さりげなく立ち上がって花瓶を手にする。「お姉ちゃん、お水替えてくるね」と声をかけた。姉は返事をしなかった。

渡邊さんと姉が二人だけで話している姿を孝子は目にした覚えはない。二人が一緒にいても必ず誰かが傍にいた。姉と孝子がいれば、渡邊さんは冗談を言いながら近付いて来る。義兄と姉が一緒にいれば、義兄に話しかけ、それから三人で会話する。義兄が何か冗談を言えば、渡邊さんは真っ先に笑い声を上げげた。


付け合わせ野菜に飾られていたバジルとルッコラを食べる。太陽の下で伸び伸びと育った野菜は味も濃いような気がする。ちょっぴり青くさい香と苦味に、孝子は少し顔をしかめた。その途端、姉と渡邊さんとの微妙な距離を保つ、その礼儀正しさの意図的な不自然さに気付いた。

もしかして姉と渡邊さんの間には二人を繋ぐ密やかな糸が編まれていたのではないだろうか。そう、誰も、義兄も自分も知らないところで。

思いがけない閃きに孝子自身が驚いた。これまで一度たりとも思い浮かばなかったし、想像したこともなかった。何故こんな考えが出てきたのだろう。だが、もし二人の関係がそうでなかったとしても、渡邊さんの葬儀の日を亡き姉の代わりに自分が確認したのだ、と孝子には思わずにはいられなかった。

コーヒーとともに焼き菓子と銀紙に包まれたチョコレートの小皿が運ばれた。

「コーヒーのお替わりも承りますのでお申し付けくださいませ」

最後まで丁寧な口調を崩さないボーイの顔を見てしまう。ボーイは孝子の視線にたじろぐことなく、柔らかな笑みを口元に浮かべて立ち去った。

姉と渡邊さんを結び付けて想像していた孝子に、ふと〝人間の尊厳〟という言葉が浮かんだ。尊厳なんて、どうしてここで思い付いたのだろう。一体この言葉はこれまで自分のどこに潜んでいたのだろうか。人間の尊厳というなら、それは死者にも当てはまるはず。

死者の尊厳。

あれこれと生前の二人を想像していた孝子は、彼らを傷付けてはいないだろうか、と急に不安になった。その一方で、生者は心の中で死者を思い出し、彼らの人生を蘇らせ、生き返らす。それだけが生きている者が死者に向けてできることのような気がする。

もし自分が死んだら、生前の自分を思い出し、いろいろと推測し、思い図り、生きている貴重な時間を費やしてくれる人がいるだろうか。いるとしたら誰だろう。夫か、あるいは娘、友人だろうか。もし誰一人、死者となった自分を思い出さなかったとしても、それはそれであっさりしていいかもしれない。

孝子は大きくため息をつき、コーヒーを口に入れた。すっかり冷めてしまっていた。

こうして二人を思い出していると、思い出は作るものではなくて、既にあったものを探して見付けるようなもの、と孝子は思う。

時には死者の尊厳を損なうかもしれない。秘密の何かを掘り起こすかもしれない。だが、それは自分ひとりの胸のうちに留めるから許してもらおう。それができるのも生きている間だけだから。そのうち、自分も死者になるのだから。

窓の向こうに目を向ける。

雷雨になるかもしれない灰色の空を、畦道《あぜみち》のような薄墨色の雲が何本も流れていた。その合間にほんの少し青色がのぞく。

時計を見ると午後一時を回っていた。練習は一時半から始まる。

伝票を手に立ち上がった。忘れ物がないか、テーブルや椅子を振り返った。大丈夫、と頷いてから、椅子に置いたバッグを持った。

十二階のエレベーターに孝子が乗ると、四、五歳くらいの男の子が走り込んで来た。その後に母親が乗ってきた。男の子は跳び上がるように背伸びし、各階のボタンを順番に押していく。

「すみません。こんなことして」

母親は申し訳ないように孝子に謝った。真っ黒な丸い瞳の男の子が不安気な顔で孝子を見上げる。

「いいえ、ゆっくり景色が眺められてうれしいわ」

孝子は独り言のようにつぶやいた。

無限と一本の線

　——田所くん！——。

　バスに乗り込み、思わず声を上げそうになった。運転席に近い高齢者や弱者の優先席に田所くんが座っていたのだ。一瞬目が合ったのに彼は気付かない。赤の他人のようにすっと視線を流した。

　一月中旬、午後四時十五分バスセンター発、一時間に一本しかないバスである。

　この日、午前中は病院の図書ボランティアの当番だった。午後はいろいろなお店に立ち寄り買い物をした。たまにこのバスを利用するが、彼と会ったのは初めてである。

　田所くんは高校の演劇部の一年後輩だった。同級生の男子は田所と呼び捨てにしていたが、わたしは田所くんだった。クラブの後輩たちの中で、彼だけが「福沢先輩」と呼んでくれた。

　何だかくすぐったく思ったが、妙にうれしかった。

　バスの一番後ろに座って田所くんを見続ける。

ボサッとした白髪は床屋に頻繁に通う髪型ではない。伸びてきたのをそのままにしているみたいである。土色の顔色、額に皺がある。昔と同じに目は大きいが、少したれ気味に変わっていた。衣料品スーパーの特売で見かけるような紺色のジャンパー。洗濯したらと勧めたくなる薄汚れたジーンズ。膝の辺りが少し破れていた。若者に流行の、わざと穴を開けているのとは違う。履き古したスニーカーである。

こうして彼をじっと見ているのに、田所くんは視線を意識しない。灰色のリュックを膝に置き、時々頭を動かしキョロキョロする。高校時代の先輩がほんの数メートル先にいるとはこれっぽっちも思っていない。あまり不躾《ぶしつけ》に見るのも、と前方を見ている振りをして視野の隅に彼を入れる。田所くんは何か考えごとをするみたいに目を閉じた。それでもわたしはドキドキしながら様子を窺《うかが》う。彼は目を開け、肘掛けの降車ボタンを押した。そのバス停はわたしが降りる二つ手前である。

最近、バスが止まる前に高齢者が席を離れ転倒し、大怪我になった事故が幾つか起こった。それからはしつこいほど「扉が開いてから席をお立ちください」と運転手は告げる。

田所くんは運転手の指示通り、バスの停車後にゆっくりと立ち上がった。手すりにつかまりステップを降りた。先払いで乗車する人が両替に手間取っている。それでバスが動き出すまでしばらくの間、彼を見ることができた。

彼はリュックを肩に掛け、それから背負った。首から提げていたホルダーをジャンパーの胸ポケットにしまう。あれは福祉乗車証なのだろうか。少し足を引きずりながら歩き始めた。バスも走り出した。

高校の卒業式以来一度も会ってはいない。約四十年にもなる。だからわたしを忘れてしまったのだろうか。あるいはわたしが年を取り、昔と顔が変わってしまったのでわからなかったのだろうか。田所くんは確かに年取った。でもすぐ思い出した。あの田所くんだった。

その晩、夕食の最中に夫に聞いてみた。

「ねぇ、怒らないから正直に言って」

「何だ」

「わたしって老けた？」

「何？」

「初めて会った二十代のころと比べて変わった？」

「どうしたんだ、急に」

「今日ね、バスで高校時代の後輩に会って。わたしは彼だと気が付いたのに、彼の方はわからなかったみたいなのよ。そんなにわたし、昔と変わったのかしら」

夫はまだ酔いが回っていないのに、酔っ払って馬鹿を言うときのような体勢になった。テーブルから上半身を乗り出し、顎を突き出して見る。

「おう老けた、老けた。しっかりばあさんだな。そりゃ相手もわからんよ。俺だって、このばあさんは誰だったかと。こりゃ間違った家に帰ってきたかと不安になるぞ」

「もう、真剣に真面目に聞いているのに」

いつもならこんな冗談も笑えるのにちっともおかしくなかった。


田所くんは演劇部の照明だった。男子と女子がほぼ同人数の県立高校だったが、男子部員は少なかった。

四月、新入生、特に男子に入ってもらうのは重要だった。わたしは制作である。四月中は新入部員勧誘のためのキャラバン隊として、お昼休みに一年生の各クラスを回った。

「……演劇部にはいろいろな活動があります。絵を描くのが好き、漫画を描く、大歓迎です。背景の絵を任せます。小道具や衣装を作る、芝居を盛り上げる効果音を考える。制作というマネージメントのような仕事もあります。演劇はあらゆる芸術の総合です。詩や小説に興味があるなら、オリジナルの戯曲を書いてみませんか。僕たちでそれを舞台化します。役者志望なら発声の基礎から教えます。……」

田所くんは教壇でしゃべる部長の真ん前の机でお弁当を食べていた。食べながらも時々部長に目を向ける。ちゃんと聞いている。田所くんに近付き、チラシを見せた。

「一緒にやりませんか」

「僕さ、照明には興味あるんだ。どうしようかな。ちょちょっと考える」

彼の言い方がおかしくて笑った。見込みがありそうである。田所くんの坊主頭のてっぺんがクルクルと蚊取り線香のようにうず巻いていた。大きな丸い目が活きのいい魚みたいだった。目をパチパチさせて部長に合図を送った。説得してもらうのである。

入部後の田所くんは何か疑問があるとすぐ部長に質問した。大多数の人が賛成しても、納得がいかないと最後までグダグダと文句を言い続ける。それでわたしたちは陰で「生意気お坊ちゃん」とあだ名を付けた。お坊ちゃんとしたのは、里芋に似た頭の形で目が真ん丸で澄んでいて、苦労知らずの我がままな男の子がそのまま高校生になったようだったから。一歳しか違わないのに、ああ青春やってる子、と思ったものだ。真っ直ぐで真剣、突っ張って大人ぶる。それなのにどこかポキッと折れそうなか細いところもありそうだった。そんなに演劇が好きでもなく、夢中にもなれず。ただ高校時代の思い出に、と適当にやっていたわたしには田所くんはまぶしい男の子だった。

その田所くんが、目の輝きを失い、汚れた服を平気で着ている初老の人になっていた。

「お久しぶり！」って咄嗟に声が出なかった。それは彼だとわかった瞬間に、彼の変化に驚き、声を掛けない方がいいと無意識に判断したのかもしれない。あえて、わからない彼に名乗る必要はない、と。だが、この自分だって大勢の中にいれば誰とも見分けがつかない、どこにでもいるおばさんになっているのではないか。

そんなことを考えながら目の前の夫を見る。前髪とこめかみ辺りに白髪が目立つ。初めて夫に会ったのはまだ二十代、保育士として働いていた保育所である。時々娘を預けに来るお父さんだった。そのころより六十代になった今の顔の方が親しみ易い。若いときはパッチリとした二重の目が遊び人を思わせた。目尻に皺が増え、目の下がたるんでいる。冷たい印象だった高めの鼻が緩やかな山の稜線に変わった。じっと見ていたら、おかしな気持ちになってきた。何故この人と一緒に暮らしているのだろうか。

「ご飯、茶碗に軽くで」

少し赤らんだ顔で夫が言った。

「何だ、今日はいやに静かだな」

「いろいろ考えているのよ」

「さよか」

席を立ち、ガス台横の炊飯器の蓋を開けた。フワッと上がった湯気が顔にかかった。

その瞬間あっと思った。田所くんしか覚えていない。彼と同じ学年の後輩、二年下のクラブ員だって何人もいた。それなのに誰一人、顔も名前も思い出せなかった。田所くん以外の人はどこへ消えてしまったのだろう。

田所くんとバスで再会してから鏡を見る時間が増えた。これまでとは違った目で見てしまう。

以前より服や髪型、化粧にも気を配る。彼がわたしを見てもわからなかった。それにどこかで抵抗している。五十八歳、一五七センチはまだ縮み始めていない。体重を数キロ減らしたいが甘いものを我慢してまではいい。四角っぽい顔がずっと不満だったが、最近顎に肉が付いたのか、顔の筋肉が下がってきたのか、角がふっくらしてきた。

「君はいつもお腹がいっぱいって顔してる。そこがいいんだよな。落ち着くよ」

夫によると、これはほめ言葉だそうだ。

長い髪が好きだったが、保育所で子どもは髪を引っ張ったり、髪留めを外してしまう。ポニーテールにした髪が子どもの顔に当たったら「痛い！」って泣かれた。こんなことで泣くなんて。わたしの方が驚いた。それから髪を短くしている。

白髪が増えてきたのをそのままにしていた。田所君と会った数日後、美容院で黒色のヘアマニュキアをかけてもらう。染めるよりは髪を傷めないらしい。

「髪に艶が出ますと一段とお若く見えますね」

美容師さんにこう言われた。だが、若く見える、とは実際は老けているということだと自覚している。

ある朝、新聞に挟み込まれていたカルチャーセンターのチラシに目が留まった。

「簡単！　見違える！　魔法のお化粧を教えます」

宣伝文句が身にしみる。思い切って参加申し込みの電話をかけた。こんなことをするのも田所くんの影響に違いない。

教室は若い女性たちが半分以上を占めていた。講師が「今日は二十代から、上は五十代の方まで参加されています」と最初に言った。多分五十代は自分だろう。

胸に名札をつけて机を挟んで向かい合って座る。普段用、外出用、と受講生が一人ずつモデルになった。講師は説明しながらモデルに化粧を施していく。じっと講師の手順を見る。その後、ポイントとなるところだけ自分の顔にやってみた。

次のテーマは見た目年齢だった。

「誰でも年は取っていきます。それなら、見た目だけでも五歳、いいえ十歳若く変身しませんか。自分自身が美しくなれば気持ちもより元気になります。では実践してみましょう。福沢さん、モデルになって頂けますか」

講師に指名された。ちょっと躊躇したが、ここでしり込みするのもみっともない。参加者の中で一番の年長者。このテーマには最も相応しいのだ。

みんなの前で講師にお化粧をしてもらう。講師の柔らかな指先が優しく頬に触れる。その時はわからなかったが、鏡を見て驚いた。まるで別人である。キラキラと幸せオーラが漂う。夕食の献立に悩み、洋服の値段をチェックしてはため息をつく自分の顔ではない。

「みなさん、どうでしょうか。先ほどまでの福沢さんと比べていかがでしょう」

講師が参加者に感想を促す。

「わっ違う人みたい」

「すっごーい」

「若い、若い、びっくり！」

どんな表情をしたらいいのだろう。みんなと目を合わせないように視線を上げたり横を見たり。でも微笑みは忘れない。講師が「常に口角を上げて微笑むように意識するだけで表情筋が鍛えられます」と説明したのを覚えていた。

思い過ごしだろうか。帰り道で、バスの中で、人の視線を感じたのは。プロの人にお化粧をしてもらったのは最初の結婚式以来である。

この顔に夫はどんな反応を示すか楽しみだった。いつもは帰宅するとすぐに化粧を落とすが、そのままにし、それ以上に鏡の前で塗り直した。

「ただ今帰りました。帰ってきたぞ」

ああ夫は飲んできている。玄関の挨拶でわかる。居間のソファに座ったまま、「お帰りなさい」と口角を上げて笑顔を作り言ってみた。

「おい、どうした、その顔は何だ、何があった。目の周りが青いぞ」

アイシャドーの青色の深みが大人の女性の知性を感じさせます。そう講師は説明した。

「新種のパンダの真似したたか」

大きなため息が出た。夫が美しく変身したわたしにびっくりするかもしれない。想像した自分の浅はかさに腹が立つ。洗面所で顔を洗い、素顔に戻った。

年月の経過はみな平等。いずれにしろ長生きすれば、ゆくゆくはおじいさんともおばあさんとも区別のつかない高齢者になる。赤ちゃんの性別を時に間違えるように。

――美しいものや清々しいものに人は気持ちが和みます。身ぎれいに装うことは自分自身に、そして周りの人たちにもささやかな幸福を与えるのです――。あの講師はこう話した。

確かに田所くんが髪型も決まり、清潔感ある服装で、磨いた靴を履いていたら、「田所くん！」と声掛けたかもしれない。あるいはわたしが高校時代の面影を残し、美しく変わっていたら、「福沢先輩！」と彼は呼んでくれたのだろうか。


アパートの郵便受けと、ドアの横に「坂井」「福沢」と二つ名字を並べている。

夫とは再婚同士である。いや籍は入れていないから再婚ではない。昔でいえば内縁関係、今流では事実婚というのだろうか。あるいはハウスメイトとも言える。二人とも表向きの名称はどうでもいいと思っている。

夫は協議離婚、わたしは調停離婚である。

夫には娘が一人、孫もいる。

離婚はお互いの人生観の違いだったそうだ。社会的な名誉、お金や権力など欲しいとは思わない。ただ毎日健康でおいしいものを食べ、笑って楽しく生きられたらそれでいい。ホームレスになったとしても、そこで何か幸せを見付けられればよし。人生は墓場までの暇つぶし。そう考え、行動していた夫は何度も転職している。無職の間、家庭を支えたのは公務員として働き続ける奥さんだった。将来の見通しもつかず、社会で羽ばたこうともせず、晩酌が楽しみで、すぐ勤め口を変える夫は妻から離婚を言い渡された。彼は拒否しなかった。

「父親として子どもが生まれるきっかけを作っただけか。まあいいじゃないか、子どもは社会みんなのものだから。親の持ちものではない」それが夫の考え方だ。

元夫との間には子どもができなかった。それでも十年以上仲良く暮らしていた。お互いにその原因を探らなかった。子どもはいてもいなくてもどちらでもいい、自然に任せる。そう考え、彼も同意していたはずだった。前日まで変わりなく暮らしていた夫から、「子どもが小学校へ上がるので、ちゃんと籍を入れて父親になりたい。頼む、離婚してくれ」と告げられた時、最初わたしは笑っていた。冗談だと思ったのである。嘘ではない、とわかってから怒った、怒り狂った。

これまでどうやって上手にわたしを騙し、二つの家庭を両立させていたのだろう。お互いを束縛せずに自由を尊重する。それが自分たち夫婦の良さなのだと思っていた。友人と泊まりの旅行にも快く送り出してくれたし、徹夜麻雀だと彼が言う外泊を詮索しなかった。

「ちょっとだけのつもりだったが、子どもができて本気になった」

彼の言い草に心底憤った。一方で何と自分は人を見る目がないのだとがっかりした。情けなかった。悔しかった。少しも疑いを持たずに能天気だった自分が恥ずかしかった。断固として離婚に同意しなかった。かといってやり直す気持ちはない。ただ彼を困らせ、人生は簡単に、思い通りになんかいかない。そう思い知らせたかっただけ。でも結局は和解した。裁判に持ち込み、絶対別れたくない、と言い張るまでの情熱はわかなかった。

離婚後、職場で子どもたちと接するうちに、やっと当たり前の真実に馴染んだ。生まれた子どもにはどんな事情でこの世に出てきたかは関係ない。人は変化する。この二つである。

夫と再会したのはホテルで開かれた短大の同窓会だった。

以前の彼は子どもの父親だった。この日の彼は汚れたお皿を取り替え、お盆で飲み物を運ぶウエイターに変わっていた。先に気付いたのはわたしの方で、彼に挨拶すると思い出してくれた。その場では少し会話しただけだったが、その後時々会うようになった。お互いに五十代。それに離婚して一人暮らし。最初から裸の付き合いができた。

「大人同士で部屋をシェアして住むのもいいかもしれない」

そんな話題がきっかけで、初めは遊び感覚で不動産屋巡りを始めた。いろいろな間取りの住まいを見るのは結構楽しい。たまたま二人とも気に入る物件に出合った。それぞれの個室が確保でき、広めのリビングルーム。何しろ建物の前が公園で開放感がある。住み心地が良さそうだった。瓢箪《ひょうたん》から駒。このことわざは正しい。家賃や諸々の生活費は折半である。家事もお互いに協力し合う。同居を止めるのも自由、ただし前もって話し合う。

彼との暮らしが続きそうな見通しがついてから五十五歳で退職した。持病の腰痛もあり、生活ができるなら無理して働くより、自由な時間を元気なうちに欲しかった。彼は複数の仕事を掛け持ちしている。常勤の駐車場警備員、アルバイトの引っ越し手伝いと宅配の仕事である。

二月、第二週の金曜日。病院の図書ボランティアの当番日である。

両親が入院していた病院には図書室があった。患者さんだけでなく、付き添いの人も借りられた。本棚にはベストセラーの話題本や箱入り全集本、絵本や月刊誌もあった。仕事を辞めたら、ここでボランティアをやろう。そう思っていた。

わたしの担当は午前八時半から十一時半までである。貸し出しの世話、本やカードの整理など。大抵は三人で当たる。都合の悪い日などは替わってもらえるので不都合はない。たまには仲間同士でお昼を食べたり、喫茶店に寄ったりするが、それは滅多にない。子どものお迎えや親の介護や世話、次のお稽古事へ急いで向かう人たちが多い。ボランティアを始めてわかった。活動好きな人は年齢がいっても益々動き回る。個人的な会話もするが、お互いの生活には入り込まない。そんなところも気に入っている。

図書室のカウンターに堀さんがもう座っていた。あっさりした関係の中でもサブリーダーの彼女はわたしが最も信頼し、本音で話ができる人だった。一緒の日はうれしい。

「おはようございます。お久しぶりです。お元気でしたか」

こう声を掛けたら、堀さんはニコッと笑い、手を振って奥へと合図した。早くロッカーへ行って支度しなさい、という動作である。

ボランティアの制服のエプロンを身に付け、堀さんの隣に座った。もう一人の当番はまだ来ていなかった。

「福沢さん、最近何か問題なかった？」

早速聞かれた。

「いいえ、何も。引き継ぎノート、今日はまだ読んでいませんが。何かあったのですか」

「ちょっとね」

何か話したそうだったが、点滴のスタンドを引いた患者さんが入って来た。「おはようございます」。わたしたちの声が重なる。この患者さんの後に急ぎ足で当番のボランティアが来た。

「すみません」と言ってからロッカーへ向かう。

この日は図書室を閉める間際まで利用者が絶えなかった。返却の際には一冊ずつ落書きや破れがないかをチェックする。返された本を分類別に棚に戻し、きちんと並んでいるかも確認する。こんな本ありますか、と尋ねられたりもする。本に関する知識も必要である。ボランティアを始める前にはこんなに多くの仕事があるとは想像しなかった。

翌日に引き継ぐ作業などに追われ、病院を出たのは十二時を少し回っていた。

「ちょっとだけ寄らない？　お昼の支度があるからランチは食べないけど」

堀さんから誘われた。病院内の喫茶店では誰に聞かれるかもわからない。だから利用するのは駅近くのセルフサービスのお店である。

向かい合わせに座る。

「朝、言いかけたことですよね」

堀さんは頷き、コーヒーカップに砂糖を入れた。ゆっくりかき回してからため息をつく。

「わたしたちの仕事、患者さんの役に立っているのかしら」

「急にどうされたのですか。本の魔法のパワーが患者さんを支えるって、いつもおっしゃってるじゃないですか」

ふっと笑って堀さんはコーヒーを口に運んだ。それから首を傾げる。

「そうだけど。でもね、何か問題が起こると、このやり方でいいのかしらって。迷うわね、何年やっていても」

堀さんは病院内図書室、そして運営に携わるボランティアの会を立ち上げたメンバーの一人である。一時ご主人の両親の介護で休んでいたが、また活動に加わっている。堀さんと親しくなり、自分自身の考えも鍛えられてきた。ボランティア活動は社会でのある大事な役割を担う、報酬を目的としない「仕事」だと思うようになった。

「この間、カウンターで二人の患者さんの貸し出し手続きをしていたうちの一人が明日退院しますと言ったらしい。で、ボランティアが、それはおめでとうございます、って喜んで。その場はそれで終わったのよ。それを横で聞いた患者さんが主治医に、自分は余命を告げられ、そのことが四六時中頭から離れない。おめでとうございます。その言葉でどうにもやりきれない気持ちになったって打ち明けたのよ」

ギプスをはめている、松葉杖をついているなど外見的にわかる患者さんはいい。だが表に現れない病気の患者さんはどういう状況なのか、わたしたちにはわからない。患者さんの病気についてはは深入りしない、何も尋ねない、言わない。こういった注意事項は最初に聞いていた。心の隅において気を付けるようにはしている。だが患者さんが、やっと退院できます、とうれしそうに告げてくれたら、おめでとうございます、良かったですね、とわたしも言ってしまうだろう。その言葉を耳にする他の患者さんの気持ちまで推し量らずに。

「喜びを表した言葉が誰かを傷付けるなんて。怖いわ」

正直な感想だった。

「そうね。長年やっていても次から次へと新しい問題が出てくるわ。今度会議でみんなと話し合いましょ。この問題から何が学べるか。あなたも考えておいて」

堀さんの常套句「学びましょう」がやっぱり出た。チラッと腕時計を見る。

「もう行くわ。またゆっくりね。あっそうだわ。何か話があったんじゃないの。久しぶりだもの。お連れ合いは元気？」

田所くんと会っていろいろ思ったことを聞いてもらいたかった。でもそれよりももっと切実な問題を目の前に出された。

「はい、おかげさまで。どうぞお先に。わたしはまだここで休んでいきます」

帰宅を急ぐ堀さんがさっと席を立って出口へ向かった。


病院の図書ボランティアを始めてから、死者たちが以前より随分と身近になった。自分自身も年を取っていくという自覚が強くなってきたせいもある。先週本を借りに来た人がもう二度と姿を見せない。看護師さんか家族の方が図書室へ本を返しに来る。それで、わたしたちはその患者さんが亡くなったのだと知る。

生者と死者は紙一重である。いやそれよりも、生死は背中合わせ、の方が相応しいかもしれない。でんでん太鼓がクルクルと回り、パッと止まったのが死の面だったら死ぬのだろうか。

一月の大雪の日に友人の母が八十五歳で亡くなった。その日、追っかけをしている演歌歌手のコンサートに行く予定だった。午前中美容院で髪をセットし、新調した洋服に新品のブーツ、最高におしゃれをして友達と出かけた。途中階段で滑り転がった。打ちどころが悪かったのだろう。救急車で病院へ運ばれたが、一晩生きていただけだった。

「お嫁さんに一回も下の世話をさせなかったのよ。ＰＰＫのお手本よ」

死ぬ直前まで普通に生活し、ピンピンコロリとさっと死ぬＰＰＫ。友人は母を称えて、自分もそうなりたい、と言った。

段々と自分の番が近付いて来ると思う。が、百歳近くまで長生きしている人もいる。自分の死はまだ先と思いたいが、年齢通りの順番に死がやってくるとは限らない。こういった諸々の出来事の話し相手になってくれるのは夫である。人生の仕組みはどうなっているのだろう。あてもない、こうでもない、と思いつくままましゃべる。もっぱら夫は聞き役に回ってくれる。だが結論の出ない堂々巡りの話を続けていると嫌味ったらしく遮る。

「そんなことを考える時間があるなら、是非おいしい料理を作ってください。あなたの目の前に、今、生きている人間がおります。その人を幸せに、飢えないようにお力をお使いください。切にお願いします」

夫と時々お互いの死について話す。

彼は「インドで死ぬつもり」だそうだ。

高校を卒業後アルバイトでお金を貯め、世界を旅して歩いた。インドの旅でベナレスに滞在した。ガンジス川で現地の人たちに交じって沐浴をした。そこで「ここが僕の命の最後の場になったら本望」と思ったそうだ。長生きしたとして、体が不自由になる前に、あるいは不治の病を宣告されたらベナレスへ行く。そしていつ死んでもいい覚悟でその日暮らしをする。今日元気だったら観光客に土産物を売りつけながら生きる。死んだら川に遺体を流してもらう。インドへ行く片道の旅費だけは常に用意してあると言う。

「警察署に同居人の行方不明届を出しておいてくれる？　そのうち死亡として処理される。これだけでいい。ガンジス川が僕のお墓だ。川は広々として絶えず流れているよ」

わたしは両親のお墓には入らない。わたしを誕生させた親とはこの世を去る時にさっぱりとお別れする。ではどうするかはまだ考え中である。幸いにも弟が両親のお墓のお守りをしてくれている。わたしの生命保険金の受取人は弟である。死後の諸々の処理の手間賃にしてと頼んである。

二人の暮らしがいつまで続くかはわからない。あるいは、ある日突然どちらかの人生の幕がストンと下りるかもしれない。そういうことまでも含め、今、しばらくでも楽しく暮らしたい。未来は謎である。年を取るに従って、あるかどうかわからない先の喜びより、今手にできる温もりを選ぶようになった。


アパートから歩いて十分、市の農業センターがある。七百本余りのしだれ梅が有名で、この時期は大勢の人が訪れる。

保育士時代に子どもたちを連れて何度も遠足に来た。梅の咲くころよりも桜や紅葉の季節が多かった。近くに住むようになり、梅を見に何度も通う。

二月終わり、平日の午後に夫と出かけた。

珍しく時々粉雪が舞う底冷えのする日だった。平日でも人出が多い。通路にカメラを設置し動かない人やVサインのポーズで盛り上がる人たちを避けて歩く。

花一輪をじっと見ていると、一ミリほどのところにも工夫を凝らして咲いているのがわかる。どうしてここだけ紅いのかしら、花びらの先端だけ色を変えて咲くなんて。ほんの小さな部分に不思議が詰まっている。

「同じ木に咲いている花でも香が違うわよ。ちょっとこれとこっちをかいでみて」

夫は枝先に顔を寄せ、首を左右に振った。

「同じだ、同じ」

わたしはもう一度鼻を近付けた。甘い香りが押し出ているのと、ちょっと冷えたような甘さの香り。それからは面白くなって、立ち止まっては香をかぐ。

「今日は宅配があるから先に帰るよ」

「あら、そうだったわね。わたしはまだ見ていくわ」

夫はちょっと手を上げて歩き去った。

止んでいた雪がまたパラパラと舞ってきた。

梅は咲き始めが一番きりっとしている。一月に一人で来た時、裸木にポツンと咲いていた白い梅を見付けてうれしかった。厳しい寒さの中で真っ先に咲いた花は凛々しく見える。

今日の梅園はしだれ梅らしく、ぽってりと花を付け、垂れ下がっている木が多くなっていた。小高い丘の見晴らし台へ向かう。

頂上から眺めると、薄桃、桃、白、紅、赤……、様々な色の塊がもやもやっと宙に浮いている。七百本もの梅が一斉に咲くわけない。花の種類や場所、風や日当たり、隣の木との相性もあるかもしれない。そんなふうに考えていたら、この風景が、今日、この時だけの特別のものに思えてきた。時々空から粉砂糖を振りかけるような雪も、この今だけ。

今日、午後三時三十七分の梅園。そう強く意識してみた。その途端、景色が静止画像になった。どれくらい時が止まっていたのだろう。

空を見上げた。雪は舞っていない。灰色の空が重そうに広がっていた。坂道を人が上がってくる。東屋の長椅子に座り、梅園をぼんやり眺めていた。

田所くんの無限と一本の線を思い出したのはこの時である。


高校三年生の秋。

土曜日の文化祭が終わった翌日、学校へ出かけた。自習室は日曜日でも開いているから家にいるより勉強ができる。部屋が閉まる三時までいた。同じクラスの子は誰もいなくて問題集がはかどった。教室を出てから、何となく演劇部の部室をのぞきたくなった。三年生は五月初めの新入生歓迎会が終わるとクラブ活動からほぼ引退してしまう。わたしも気が向いたときしか部室には寄らなかった。

クラブハウスの出入り口付近を大道具や装置が塞いでいた。青色のビニールシートが被せてある。木の椅子がはみ出ていた。あれは昨日の舞台で家庭内暴力を振るう父親が息子に向かって投げた椅子だろう。部室からズッズッと何か引っ張る音が聞こえた。誰かがいる。ドアをノックすると、「はい」と返事があった。

少したってドアが開いた。

「田所くんだったの」

「はい」

「何しているの」

「照明器具の手入れです」

「お休みなのにわざわざ出てきて？」

「はい。誰もいない方がはかどります」

田所くんは手に雑巾を持っていた。

「福沢先輩はどうして」

「自習室に来ていたの」

中へ入ると、どうぞ、と田所くんが椅子を近付けてくれた。彼の真向かいに座った。

これまで二人だけでおしゃべりしたなんてあっただろうか。ちょっと緊張した。そしたらすぐ田所くんに聞かれた。

「福沢先輩は進路決めたんですか」

「どこでもいいから入れる大学か短大を探している。先輩って呼ばれるのももうちょっとね」

「これからもずっと福沢先輩です。……あの、聞いていいですか。福沢先輩の夢は何ですか」

そう言ってから、田所くんは足元のライトを膝にのせた。雑巾で拭き始める。

「夢って。今はまず来年の受験で受かること。幼児教育を専攻して資格を取るつもり」

「そうなんですか。先生になるんですか」

「なれたらね。田所くんは」

「僕は生物学の研究者になりたい。生命の謎を解き明かしたいんだ」

「えっ田所くん、そんなことを考えていたの。驚いた」

彼は立ち上がり、部屋の隅の棚にライトを置きに行った。また別のを持ってくる。

「田所くんは東京へ出てどこかの劇団に入るか、何か芸術関係へ進むと思っていたわ」

「どうしてですか」

「みんなの雑談にあんまり入らないし。一人で何でもやるでしょ。照明プランもしっかり考えて意見も言うし。真剣に演劇に取り組んでいるって感心していたの。わたしなんか適当にやっていただけだもん」

田所くんは磨き終わったライトをまた棚に片付けた。それから部室の外へ出て何かゴソゴソやっていた。田所くんと会話が弾むのが意外だった。

木の椅子を手にして、彼が戻ってきた。

「それ、お父さんが放り投げた椅子だよね。ちゃんと脚が折れて良かったよね」

「うまくいくか、俺、スポット当てながらヒヤヒヤしていたんだ」

僕から俺に変わった。こんなに田所くんっておしゃべりする子だったなんて。人はわからないものだ。田所くんは椅子を直したかったのか、ひっくり返して脚の具合を見ていた。そのうち「止ーめた」と言って、道具箱の横に立てかけた。またわたしの正面に座り、話し始める。

「……福沢先輩って低体温生物みたいな感じする。何か起こっても一歩下がってじっと見ているだけで、決して自分から中に入らない」

急にわたしについてしゃべり出すのでびっくりした。

「やだーそんなことないって」

「あるって」

田所くんは大きく頷いた。それからちょっと笑った。

「俺も集団で大きな声を張り上げたり、肩組んで踊ったりするの、ばかか、って思うもん」

少し沈黙したあと「福沢先輩の夢は何ですか」と、またさっきと同じ質問を繰り返す。

「だから、とりあえず大学合格だって」

「では、これから自分自身の奥を探検していかなくてはなりません。福沢先輩だけが抱く夢、それを見付けて実現するのです」

田所くんが急に威張って、教えを説くように話し出す。どこかの教祖みたいで、どうしちゃったの、って突っ込みたくなった。

「生命界は神秘に満ちあふれています。人間は一人ひとりがこの世で何かを果たすために生まれてきました。自分自身の夢を追っていくうちにそれがわかってくるのです。僕はそう思います」

俺からまた僕になった。こんな話は聞きたくないし興味もなかった。ちょっと気味悪い。何を大人ぶっているのよ。やっぱり、生意気お坊ちゃんだ。

「田所くん、もうわたし、帰るね。ごめん、後片付け手伝っていかないけど」

彼は下を向いて返事をしなかった。それから顔を上げた。

「福沢先輩、僕、最近、わかりました」

田所くんのまだ話したそうな雰囲気に押されて「何？」と聞き返してしまった。一度は立ち上がったのにまた座った。

「無限とは何か」

「はっ？」

「それです」

それから田所くんは口を閉じてしまった。

本当にこの子は一体何を考えているのだろう。どうして演劇部の照明をこれまでちゃんとやってこられたのかしら。彼がこういう子だとみんなは知っているのだろうか。

田所くんは脇に置いてあった鞄からノートとペンケースを取り出した。

「見てください」と言い、椅子から降り、床に正座した。

ノートを椅子の上に置き、白いページを開く。左手でページを押さえ、上の欄外の余白に鉛筆を握った右手で一本の線を書き出した。左手でページを捲り、また線を繋げて書く。次のページもまた次のページにも一本の線を書き繋げていく。

「これが無限です。こうやって線が流れていくのです。いつまでも、いつまでも、この線は続いていきます。無限に」

彼がスーと引っ張っていく線を見ているわたしも、同じ方向に流れていくみたいで変な感じだった。

「無限とはこうして動いていくことです。僕、やっと無限がわかりました」

何だか怖い。この場から逃げよう。わたしは自分に気合いを入れるようにさっと立ち上がった。鞄を胸に抱え、防御の姿勢を取った。

「田所くん、帰るね。無限と一本の線、うん、面白かったよ。じゃあね」

ちゃんと言葉が出た。

田所くんは立ち上がった。

「福沢先輩、僕の話を聞いてくれてありがとうございました」

気をつけ、みたいな姿勢で挨拶した。

昨年もしだれ梅を見に来て、この東屋の同じ場所に座った。ここから梅園を眺めた。わたしは何を考えていたのだろう。どんな思いでこの景色を見詰めていたのか。一年前のことをすっかり忘れている。

一月、田所くんと偶然に再会した。高校時代の後輩だった彼を、訳のわからないことを話すおかしな子。そんなレッテルを貼り付け思い出しさえしなかった。それなのに、あの四十年前の部室の出来事を、一年前のことより覚えていた。これまで何十年間とわたしの奥底でじっと出番を待っていたのだ。

たそがれが近付いてくる。

その日、バスの一番後ろに座っていた。

乗客の最後に田所くんが乗ってきた。運転席近くの優先席に空席がなくて、彼は降車口に近い一人掛けの椅子に座った。

運転手は彼が腰を落ち着けるのを見届けてから発車した。

田所くんのジャンパーは以前見たのと同じだった。頭髪も相変わらず整えられてはいない。ただ今日の彼は座るとすぐに膝に置いたリュックから本を取り出した。表紙が見えた。エーリッヒ・フロムの『愛するということ』。テレビ番組のテキストだった。わたしも持っている。

「えっ田所くんもなの」と肩を叩きたくなった。

最初にこの本を読んだのは二十代初めである。タイトルに魅かれて読んでみたが、ちっとも面白くなかった。わからなかった。途中で投げ出した。あのころって大きなテーマや様々な問題にやみくもにぶつかり、その前でウロウロしていた。迷い、悩み、落ち込み、絶望。そのくせ、自分だけの特別な人生があるはず、と自分自身を見限ることはできなかった。こんなわけない、これで終わるわけはない、と。

大人になったら人生のいろいろな疑問が解決し、晴れやかな気持ちで生きていかれると想像した。舞台で焚くスモークがさーと消えて見通しが良くなるように。だから早く大人になりたかった。だが自分はもう大人だと思っても確実な何かを掴めなかった。自分で自分のご機嫌を取りながら生きてきた。

五十八歳。やっとここまで辿り着いたのだ。青春時代に戻りたいなんて思わない。あの時代は一度だけでいい。長年生きてきても人生の謎は増えるばかりである。

「愛するということ」。わからない。元夫を愛していたのだろうか。現在の夫を愛しているだろうか。両親を愛していただろうか。自分自身を愛しているだろうか。この人生を愛しているだろうか。

こうして考え、迷い、右往左往する時間も残り少なくなってきた。それがわかる。

テキストを読みふけっている田所くんも幾つになっても何かを探し、求め続けていると思う。生物学者にならずとも、相変わらず生命や人間の不思議を考えているのだ、きっと。

決めた、自分からは名乗らないと。いつか彼が「福沢先輩」と呼んでくれたら、そこからまた始まればいい。

高校時代にほんの少し関わった人。今でも覚えている奇妙な時間を与えてくれた人。その田所くんも、坂井も、堀さんも、元夫も、わたしも、無限に一本の線を引いている。真っ直ぐ、真っ直ぐ。そう、生きているから。

わたしたちがいなくなっても、誰かがまた真っ直ぐ、真っ直ぐ、線を引っ張っていく。

きのう。きょう。

1

きのう。

道路際の歩道を歩いていた。

「カアッ！　カアッ！」

急を知らせるようなカラスの鳴き声が聞こえた。

信号待ちで車の列が途絶えていた。視野の広がった道路の先に黒い塊が落ちている。あの塊は何だろう。見た瞬間はわからなかった。目を凝らす。黒い塊はカラスだった。

すっとカラスが一羽降り立ち、嘴《くちばし》で塊を咥《くわ》え、動かそうとした。もう一羽カラスが飛んできた。道路の二羽の上で旋回しながら鳴き声を上げる。塊を咥えたカラスは一生懸命に道路の端へいざなっていく。咥えたカラスは死んでいるのだろうか。嘴の辺りで黒いギザギザの羽が揺れる。カラスは道路と歩道の境目の植え込み辺りまで塊を運んだ。

信号が青に変わった。どっと車が走っていく。

「カラスが轢《ひ》かれたのね」

歩道で立ち止まり並んで見ていた脇田さんが独り言のように呟いた。

ほんのつかの間、わたしは別世界からこの景色を眺めていた。脇田さんの声で、今、この場所に戻って来た。自分の体が竹の筒になり、空の中を勢いよく風が吹き抜けていった。

「わたしね、夫を死なせてしまったのよ」

壁に引っ付いて固まっていた瘤《こぶ》を剝がす。やっと剝がれた。剝がした。

脇田さんが振り返った。

「まあ小出さん、何てこと言うの……」

カラスの声が止んだ。空を見上げる。もう飛び去っていた。雨が今にも落ちてきそうな六月の梅雨空である。

自転車を押して脇田さんが歩き出す。茶色の細い縦縞の長袖ブラウスの背中が前に進む。

ふっとわたしは息を吐いた。それから彼女の後に続いた。脇田さんが何も尋ねようとしないことがありがたかった。

この日、午前のヨガ講座の後、仲間四人と喫茶店で昼食を摂った。三ヵ月の持ち回りの世話役を終え、ささやかな打ち上げ会である。食後に脇田さんが、引っ越しが片付いたからアパートに寄っていかないかと誘ってくれた。他の二人は都合が悪くて、結局わたしだけが行くことになった。

カラスに遭遇したのは脇田さんのアパートへ向かう途中だった。

市のスポーツセンターのヨガ講座へ通い出して半年になる。若い女性もいるが、ほとんどは中年から八十代くらいまでの女性と数人の男性である。火曜日の午前十時から十一時半までで毎回七十人ほど集まる。

「ヨガ」とはサンスクリット語で「一緒に合わせる」という意味で、ヨガの究極の目的は〝人間の魂と普遍的魂の一体化〟だそうだ。こんなことを知ったのも講座に通い出してからである。けれども初心者のわたしはただ先生の指示通りに体を動かすだけである。

「右足を真っ直ぐ天井へ向けて上げて……」

垂直に足を引き上げる。この単純な動作さえも難しい。どうしても膝が曲がってしまう。先生の声を聞き、体を動かし、呼吸に意識を向ける。鼻から息を吸い、吐く。運動の最中に、つい壁の時計をちらちらと見てしまう。

マットに力を抜いて仰向けに寝る。

「お腹に深く息を入れて、奥歯の力を抜いて……」

やっとシャバーサナと呼ばれる屍《しかばね》のポーズになった。始まって四十分が経過したころに訪れる五分程度の休息である。目を閉じる。数分間の無。一瞬に眠りの世界へ運ばれる。夜、なかなか寝付けないのに、ここではすっと眠ってしまう。


きのう。きょう。

「……頭を左右に動かして起きる準備をしましょう……」

先生の声が遠くから聞こえてくる。数分間眠ったのだろう。記憶のない時間があった。

道路に沿って歩く。午後の日差しは灰色の雲に遮られている。風がないから歩いていると汗ばんだ。自転車を引く脇田さんが時々振り返る。


喫茶店の打ち上げ会は会話が途切れなく続いた。

自主グループとして活動するヨガ講座は参加者で順番に世話役をする。四月から六月までわたしは四人の世話役の一人だった。開始三十分前の午前九時半に来て準備する。受付で鍵をもらい、部屋を開ける。鏡を定位置に置き、出席簿や貸し出し用マットを用意する。四人で動く間にお互いの私生活が少しずつわかってきた。意外にも三人が一人暮らしだった。

脇田さんだけは世話役をやる前から何となく覚えていた。わたしは最後列の出入り口に近い場所でいつもヨガをする。そのため、向こう端の一列目が定位置の彼女とは一度も会話を交わしていなかった。それでも手作りらしい英文字のマット入れ袋や、パーマがかかった短い髪の前髪だけをさりげなく染めていて、おしゃれな人だと印象に残っていた。きっと裕福で幸せな家庭の奥様に違いない。そう勝手に想像していた。食事中にわたしは脇田さんにそう伝える。

「ありがとう。残念ながら外れたわね。一年前に離婚したばかりよ。ヘルパーをしながらのぎりぎりの生活。でもね、一人になって清々したわ」

ほんとよ、という顔で脇田さんは何度も頷いた。

「一人になって幸せよ。良かったわ」

明るく笑い声さえ立てる脇田さんがまぶしかった。

「ねえ、どうしてヨガを始めたの？」

話題を変えるように、脇田さんがわたしたちの顔を見回す。

「バレーボールの友達がヨガを教えてくれて。始めて五、六年かしら。バレーボールは二十年続けているわよ。でも、ほら見て、このお腹」

右隣の仲間が少し椅子を引き、お腹をポンと叩く。ワッと笑い声が大きくなった。

「わたしは孫のお守りから逃げる口実を探していたら、この講座を見付けて。それから。まだ三年。みんなについていってやっているだけ」

こう言ったのは斜め向かいの仲間である。彼女だけが夫と二人暮らしだった。

「小出さんは」

脇田さんがわたしを促す。

「市の広報に体験教室が載っていたので思い切って申し込んで。これならわたしにもできるかもしれないって始めたけど。体を動かしているだけです」

「わたしも市の広報を見て入ったのよ。ヘルパーの仕事は体力と精神力よ。元気に年取っていかなくちゃ、ね」

脇田さんに賛同するように、わたしたちは顔を見合わせ頷き合った。

バレーボールクラブの仲間は三年前に夫を亡くしたそうだ。でも晴れやかな明るい表情である。

「亡くなる前に数年間介護したのよ。その間精いっぱい世話したつもり。だから主人を見送った後に、やるだけやったのだからって一つも後悔がないの。すごく優しい、いい主人だった。主人のおかげで幸せな結婚生活だったと、今でも感謝しているわ」

夫の死に悔いを持っているわたしは、隣に座る彼女の横顔を見詰めた。

「朝晩、仏壇でお線香上げるときに主人と話すのよ。嫌なことがあっても、主人に話すとしこりが消えていって。亡くなってもわたしの話し相手になってくれているのよ」

「それはごちそうさま。仲がおよろしかったのね」

脇田さんがわざとらしく大げさに言う。彼女の言い方がおかしくてみんなが笑った。自然に自分からも笑い声が出た。久しぶりに自分の笑い声を聞く。わたしってこんな笑い方だったのだ。クックククックと笑い、途中で一呼吸置いて、またクックと声を上げる。

脇田さんはわたしが笑い終わるのを待っているみたいだった。それから尋ねられた。

「小出さんはお一人になられて何年?」

「一年半。でもまだ電話が鳴ると一瞬主人かしらって」

「あらあら、お宅も仲が大層およろしかったのね」

またみんなが笑う。わたしは胸が詰まって涙が流れてきそうだった。スパゲッティをフォークに絡める。悲しい涙ではない。こうしてみんなと夫の話をしている。ここまで自分は戻った。

「このお店、揚げたての天ぷらを食べさせてくれるの。おいしいわよ。あのパン屋さんのクリームパンもお勧め」

脇田さんは観光案内をするように、時々自転車を止めて説明してくれる。この通りは時々歩く。一体わたしはどこを見て歩いていたのだろう。いろいろなお店の前を通りながら何も心に留めていなかった。

「ガソリンスタンドの隣に白い三階建てのアパートが見えるでしょ。あそこ」

真っ白な外壁は最近塗り替えられたみたいにきれいだった。ワンルームの部屋らしいのはベランダの大きさから想像できる。

「自転車置き場がないのよ。土間に置くから先に入ってて」

一階角部屋の玄関のドアを開け、脇田さんがわたしに勧める。半間ほどの土間に靴を脱ぐ。もうそこから室内全て見渡せた。

「お邪魔します」

正面にベランダ、左側にキッチン、小さな窓がある。部屋の真ん中に座卓が置いてある。二段ベッドが部屋の右側にあり、下段は引き出しなどが置かれていた。

「ロフトがあるのね」

「収納場所が一つもないのよ。だからロフトを荷物置き場にしているの。たまにしか上がらない。落ちたら骨折よ」

　こう言いながら脇田さんは玄関真上のロフトを見る。若い人が数年、あるいは学生が一時期住むような間取りである。確かに押し入れも戸棚もない。キッチンのガスコンロは一つである。立ったままキョロキョロ見回した。

「あっごめんなさい。いろいろ見ちゃって」

「どうぞどうぞ。狭いでしょ。ここへ引っ越しするのに山ほどいろいろ捨てたわ。ひょっとして引っ越ししたいから旦那も捨てたのかしら、ね」

　相変わらず脇田さんは話し終わった後を笑い声でしめる。

「脇田さんはいつも明るいのね。ご一緒に世話役をやっていたときだって、あなたがいて下さって助かった」

「お茶、コーヒー、どっちにする」

　脇田さんはやかんを手に振り向いて聞く。

「コーヒーで」

　ベランダのカーテンが風で揺れる。

「カーテンの花模様の刺繍、脇田さんがされたの」

「そうよ。昔ね。もう最近は目が疲れるからやらないけど」

鏡台のカバー、キッチンのカフェカーテン、部屋の中には手作りらしいものが幾つもあった。

「暑くない？　冷房、まだ動かさないの。扇風機だけよ」

一月からヨガへ通い始めてもほとんど誰とも個人的な会話はしなかった。両隣の人に朝の挨拶をする程度である。世話役になり、偶然に三ヵ月間だけ繋がった人たちができた。その中に脇田さんがいた。

数年前、泳げないわたしを泳げるようにする。そう夫は宣言して、週末わたしをスポーツセンターへ連れて行った。スイミングスクールで習う気はなかったが、もしかしたら五十歳過ぎても泳げるようになるかもしれない、と少し期待した。水にしばらく顔をつける。それだけでも恐怖心が起こりすぐ顔を上げてしまう。口を開けてハァハァー息をする。そんなわたしに夫は呆れ返った。普段大声を出さない夫が時折大きな声で叱る。わたしの方が恥ずかしくなった。結局数回プールへ通っただけで、夫はわたしを放免してくれた。

時々人と話す際に、水中に顔を入れたときに似た苦しさに襲われる。脇田さんとは普通に話ができる。深く、深く息を吸って、ゆっくりと話をしたくなる人だった。

「四人だと思ったから。ケーキ余っちゃうわ。たくさん食べてね」

脇田さんはコーヒーカップを二つ机に置いた。それからケーキの箱を開けた。お皿にケーキを一つのせ、わたしの前に置く。

「さっき、ほら、カラスを見たでしょ。あの時、あなたが突然ご主人の話をされたのでびっくりしちゃった」

「すみません」

「別に謝らなくても。誰でも何かふと思い出すってあるわよ、ね」

それ以上何も脇田さんは言わなかった。ケーキの周囲のセロファンをスポッと引き上げ、きようはうまくいったわ、とちょっと笑った。

「ヘルパーをしているといろいろな人がいるでしょ。例えばこんな紙一枚、うまく外せなくてケーキをグチャグチャにしてしまうお年寄りもいるのよ」

ケーキに巻いてあるセロファンのつなぎ目を探した。そこから静かに手を回す。きれいにセロファンが外せた。お皿の向こう側へ置く。こんな簡単なことがちゃんとできる。それがいつの日か喜びに変わるのだろうか。

「小出さんはわたしを裕福な奥様に見えるって言ったけど。あなただってはたから見れば、何も苦労のない、優しい家族に恵まれて幸せに暮らしている奥様だと思われるわよ」

「わたしが……」

「そう。そんなものよ。だからね、他人はいいの、他人にどう見られたって。自分が自分をどう思うかね」

夫を亡くして一人になってわかったことがある。悲しみを人に話すとそれはかえって倍の強さになってしまう。悲しみの量は増加する。人に話せば喜びは倍になり、悲しみは半分になるなんて、わたしには違っていた。

チェストの上に写真立てが飾ってあり、気になっていた。少し顔を近付ける。

「見せてもらっていいかしら」

「どうぞ」

写真には着物姿の女性と学生服の大学生らしい若者が並んでいる。

「母と兄よ」

脇田さんが振り返って教えてくれた。

「二人とも骨になって。ほら、そこに陶器の入れ物があるでしょ、その中よ」

香炉と思っていた白い器に薄青色の唐草模様が描いてある。

「まあね、いろいろあったのよ。わたしが死ぬまでにはお墓を何とかしようと思うけど。今のところはここが彼らの居場所」

脇田さんはいつものように語尾に笑い声を付け加えた。

扇風機は回っているが、座っていると太ももにじわっと汗を感じる。わたしは座りなおして体の向きを変えた。もう一度骨壺を見る。あの中に納まるまで、二人はどんな時間を生きたのだろうか。それで最後はあの中にいる。

きのう。きょう。

夫の葬式後、彼の骨は故郷の福井県の小浜《おばま》のお寺に納めた。生前、夫がもう手続きをしていたのだ。彼の実家の墓ではなく、共同墓地に、である。

「この世で夫婦として暮らしたのだから、死んだらお互い自由になろうな」

ある日、夫はそう切り出した。突然の話題にびっくりした。夫はじっくり考えた末に言葉に出す人だった。だから彼がそう言うのは考えに考えた結果である。夫の提案にわたしは反対しなかった。「死んだ後なら、お好きにどうぞ」。あの時、わたしは軽く考えて、冗談を言うように返事した。

「わたしは夫と一緒のお墓には入らないかもしれないわ。彼は亡くなる前に故郷の共同墓地に申し込んでいたの」

「あら、そうなの。小出さんとこは仲が良かったでしょ。当然死後も二人一緒だと思ったわ」

脇田さんの目が笑っていた。

夫がわたしより先に死んだ。それから彼の言葉を取り出してみると、夫はわたしを見捨てたのだと思った。彼は私と歩いた人生の後は一人に、自由になりたかった。そんな考えに至ると、ああ私は一人だ、と果てのない寂しさに襲われた。だが時間が経つにつれて考えが変わってきた。一人、それは前から同じである。ただ見えなかった、あるいは見ないようにしていただけである。わたしたちには子どもはいない。この世に血縁を残さずあの世へ逝くのだから、一人ひとりでいいのかもしれない。

「ところで、わたしね、実は離婚は二度目なのよ」

また脇田さんは語尾で笑った。一瞬驚いたが、そのまま声に出すのは躊躇した。いろいろと大変だったに違いないと想像したら、「そうなんですか」と感心したような言い方になってしまった。

「今、一人になって考えるとね、結婚って一体何だったのかしらって」

わたしの空になったカップにポットからコーヒーを注いでくれる。小柄な体に似合わないような骨太の指だった。

「この人こそ、この人しか、この人がわたしと結婚する人、なんて二回とも思わなかった。生きていくのに自分の都合のいい道を選んでいたら、結局二回ともだめだった。やっと一人で生きるのだ、という心構えと覚悟に至ったのが七十前よ」

世話役の四人で集まっていたらもっと違った会話になったかもしれない。笑い声が飛び交い、冗談を言い合い、老化していく者だけにわかる愚痴をこぼし合っただろう。わたしと脇田さんだけ。それにここへ来る前にカラスを見た数分間が、わたしたちの、この雰囲気を支配しているような気がした。死んだカラスを懸命に引きずっていたカラス。あの二羽は夫婦だったのだろうか。

つと脇田さんは立ち上がりベランダへ出た。

「もう乾いているわ」


きのう。きょう。

洗濯物を取り込むと正座して畳み始めた。

開け放ったサッシから強い風が入ってきた。

「半分閉めるわね」

何も話しかける話題がない。静かな間が続いた。タオルやTシャツを折り畳む脇田さんの手元を黙ったまま見ていた。

「離婚しようか、どうしようか悩んでいた時にね。まだ三十代の若いお嬢さんがいい助言をしてくれたの。あの一言で吹っ切れた」

そう言って骨壺の置いてあるチェストに洗濯物をしまった。それから脇田さんはテーブルの前に座った。

「ヘルパーの講習で同じ机に座っていた人なの。二人で組んで介護される人、する人に分かれて実技をしているうちに親しくなったのよ」

冷蔵庫の横にヘルパーの予定表が張ってあった。いろいろ細かく時間毎に書かれているのがわかる。

「随分と彼女には助けてもらったわ。彼女は事務職から転職しようと資格を取りに来ていたのよ。机の上の仕事の方が楽なのに、って言ったら、ゆくゆくは故郷に戻って近所の人たちのお世話をしたいって」

脇田さんは顎を右手で支えるように肘をついた。ベランダに視線を向けながら話す。わたしも同じ方向を見る。

「彼女がね、脇田さん、人生はいつ終わるかわかりません。わたしの同級生でもう二人亡くなりました。自分の思いに真っ直ぐ向き合って、人生にも真っ直ぐに。何歳になったって最後まで自分の心をごまかさずに生きましょうよ、って。笑っちゃうわね、もうあの世が近い年寄りが小娘みたいな子にノックアウトされちゃって」

脇田さんがわたしを見て、口をちょっと突き出すようにして笑った。

2

一昨年の九月、五十九歳の夫は腎臓の病で通院中に膵臓の異常が見付かった。既に脱水症状が現れていて、その場で入院となった。自宅にいたわたしに夫から連絡が入り、思い付いたものを紙袋に詰め込み、急いで病院へ行った。

四人部屋の出入り口に近いベッドで夫は眠っていた。床に荷物を置いたら、夫が頭を動かし、「来たか」と言った。

「先生のところへ行ってくるわね」

夫は目を瞑り、返事をしなかった。

主治医から簡単な病状の説明があった。膵臓に腫瘍ができていて詳しく検査をする必要があるという内容だった。

病室の開き戸を開けた途端、半身を起こしていた夫と目が合った。

「先生は何て言っていた」

待ち構えたいたかのように聞く。

「膵臓に原因があって、まずは検査だって。仕方ないわね。でも良かったじゃない、早めに悪いところがわかって。腎臓さまさまね」

あの時はまだ冗談を口にする余裕があった。

「検査か。……まぁ、辞めるか」

夫が会社のことを言っているのはすぐわかった。六十歳の定年後二年間は延長できるのを夫はどうしようかと迷っていた。書類の提出期限が迫っていたからである。

「検査結果を見てからでも遅くないんじゃない」

「そうだな。考える時間はたっぷりあるしな」

「ほんと、暇だもの」

夫とわたしはちょっとだけ笑い合った。それまで二人であれやこれやと話し合っていた定年後の暮らし方が、きのうときょうでは状況がすっかり変わってしまった。

検査期間中、夫は水さえも口に入れられない苦しい日々だった。けれども何も愚痴は言わず、ただ阪神タイガーズの試合ばかりを気にしていた。自宅に届くのと、病院の売店で別のスポーきのう。きょう。

ツ紙を買い、毎日二紙を渡した。

一週間後、検査結果を聞くために主治医の部屋へ呼ばれた。机の前の丸椅子を指し示され、わたしは座った。

「お世話になります。どうだったのでしょうか」

先生の顔を見た。三十代後半くらいの、若い医師は少し間を置いた。わたしの視線にちょっと目を伏せ、次に顔を上げたときは頬が少し赤かった。

「ご主人と一緒にお聞きになりますか」

予想していなかった尋ね方に胸がヒヤッとした。動悸が速くなるのが自分でわかった。ドキドキしながらも、頭の中ではどうしよう、どうしよう、と考えを巡らしていた。悪い結果なのだろうか。いずれにしても、今後の心構えを主人よりも先にしたかった。

「いいえ、あの、いいです。わたくし、聞かせていただきます。大丈夫です」

焦ったように言ってしまった。制御できない何かに追い立てられるようだった。

少し沈黙があった。それから医師は前置きもなく、さらっと、すっと声を出した。

「大変残念ですが、末期のがんでした。どうでしょう、三ヵ月持ちこたえられるかどうか」

体の重心がズドンと下がった。上半身の空気が抜けたみたいに妙な感覚がした。何か叫び声が出そうだった。わたしは左手を拳骨にして口をギュッと押さえた。医師の声がする。灰色のリノリュウムの床をぼうっと見詰めていた。声が聞こえなくなり、静かな間が続いた。わたしの記憶に残ったのは余命三ヵ月、手術の難しい場所にがんがある。この二点だけだった。

病室へ戻ると夫は眠っていた。

検査の一週間で夫はナイフを研いだみたいに切れのある顔に変わった。顎が若いころのようにとがってきた。ベッド脇の椅子に座る。目を覚ましたら夫に何と言ったらいいのだろうか。

夫と決めていたことがある。もしがんになったら告知をどうするかである。

「亡くなるまでにいろいろしたいから、ぼくは必ず伝えてほしい。がんって、その点はいいよな。死ぬ準備ができる」

「いつ自分が死ぬかなんてお任せでいいわ。もし、わたしが手遅れのがんだったら、わたしに悟られないように上手に演技してよ。あなたって嘘つくの下手だから」

以前の会話を思い浮かべていた。

椅子から立ち上がりかけたら、夫が目を開けた。こんなこと困ったわ、というようなしかめっ面をわたしは作ってみた。それから枕元のシーツの皺を両手で伸ばしながら、自分の手を見ながらしゃべった。

「膵臓に繋がる管の位置がちょっとずれて、それが影になって映ったらしいのよ。もう少し様子を見るって。また検査みたいなのがあるかもしれないらしいわよ。大丈夫？　もう嫌よね、検査って」

言い終わって夫の顔を見た。天井を見ていたから目は合わなかった。横顔の鬚が目立った。

「ねぇ鬚を剃ったら」
夫は顎の辺りを触った。何か言うかと思ったのに黙っている。次の言葉がうまく出てこない。夫が死ぬ。そんなはずはない。目の前の夫は生きている、この夫が死ぬ？　まだ五十九歳の夫が。そんなばかな。頭の隅でこんなふうに考えていた。

死ぬわけない、と思いながら、もうすぐ夫は死者になるのだろうか、と不安がる別の自分もいた。絶対に死ぬはずない。こう断言したかった。

――あなたの命は後三ヵ月持たないかもしれない――。

そんなことがどうして言えようか。言葉にしないでおこう。わたしの口から空気中に言葉として吐き出してしまえば、それは消えずにどこかに留まってしまう。だから絶対に言わない。告知してほしい。そう頼まれていた夫にわたしは伝えなかった。

きのう。きょう。

「何でぼくが病気になったのかなぁー」
夫は何度も繰り返した。
それはいつも決まって主治医の回診が終わった後である。わたしの答えを待っているアーモンド型の目。年齢がいけばまつげだって抜けてくるのに、黒いまつげが目の輪郭を縁取っている。この目を何十年と見てきた。自分の視線の届く範囲にいつもあった。当たり前、そこにあって当然で、この目が消える日が迫っているとは考えなかった。

「わかりませんよ。ずっと働いてきたから、しばらくお休みしなさい、かもね」

「そんな難しい質問、わたしにしないでよ」

「病気になるくじを引いたのかしら。ねぇわたしが病気になったら、ちゃんとわたしの世話、してよね」

その度に答えを変えた。

病室で、わたしは治ってからの生活を前提とした会話ばかりを心がけた。治療費が嵩むならマンションを処分してもいい、とまで相談した。夫は仕事を気にかけていたが、いつごろ退院できるかの見通しが主治医から示されない日が続くと、何も言わなくなった。

「お医者さんだって、責任あるから、はっきりとは約束できないのよ」

軽く流してこう言うしか、わたしにはできなかった。

告知を夫婦で受け止めていたら、入院中のわたしたちの会話も違ったものになったのだろうか。末期がん。それだけは夫に知られたくない。必ず医師の宣告通りになるとは限らない。そればかりを思って毎日を過ごした。


朝、十時前にいつものように病室へ行くと、夫の隣のベッドが空だった。

「お隣の人、退院されたの？」

「いいや、昨晩夜中に具合が悪くなって、別の部屋になった。多分個室だろうな」

「どうしてわかるの」

「……病人は死に近付けば近付くほど、どんどんナースセンターに近い部屋へ移る。最後は個室だ」

夫はこう言った。何かいい受け応えをしなくては、そう思ったが出てこなかった。

夫との会話では心して「死」という言葉を避ける。そちらの話題へ移りそうになると、聞こえない振りをしたり、何か他の考え事をしていたからとんちんかんな返事になってしまった、と思わせるように繕う。何か返さなくては、と気持ちが焦った。顔を上げたら、夫もちょうど顔を横に向け、わたしを見たところだった。

「死ぬのは怖くないけれど、それがいつやってくるのかわからないのは嫌だな。生まれてきたのは自分で意識しないからさ、死ぬときくらい、自分でああもうこの世とお別れなのだと思いたいよ」

夫の目はわたしを問い詰めるようではなかった。な、そうだろう、という感じの同意を求めて、ほんの少しだけ顔が上下に動いた。どきっとした。今、この今が、夫に余命を告げるいい機会かもしれない。一番ふさわしい場を夫が自ら作ってくれた。実は、とこれまでどうしても言えなかったことを謝り、告白する。でもわたしは途方もない欲張りだった。死ぬわけない、奇跡が起きるかもしれない。

「そんなこと言って。ちょっと弱気になっているのじゃない。あなたらしくないわよ。ねえ退

きのう。きょう。

院したら、どこへ旅行したい？」

掛け布団から出ていた夫の左手を握った。

夫はわたしから視線を外し、上を向いて目を閉じた。

入院から二十日ほど過ぎて、夫は個室へ移った。以前から空室が出たら替わりたいと頼んでいたのである。病状が悪化した理由ではないことは夫もわかっていた。誰も待っている人のいない自宅で病室の夫を想像するより、小さなテレビ画面を夫と一緒に見ている方がわたしには良かった。


十月十四日午後。

わたしは洗濯室へ行っていた。

夫は体に付いていた管を引き抜こうとしてベッドから転げ落ちたらしい。

「すぐ対応しました。無意識にでも外したくなるものですから。何も問題ありません」

主治医の説明に安堵した。

でもこの日から夫が変わった。わたしの冗談に笑わなくなった。話しかけても上の空である。

わたしは夫に疑いを抱くようになった。

あの日、ひょっとしたら、夫は自分の余命に気付いて死を自らに引き寄せようとしたのではないだろうか、と。約束を守らないわたしに絶望したのではないだろうか。それで偶然を装って事故のようにしたかったのではないだろうか、と。

夫の病状は浜辺に打ち寄せる波が日暮れとともに次第に高くなっていくのに似ていた。少しずつ悪化していく。本当はどういう病気か、一体どんな治療がされているのか、いつまで入院するのかなどと夫は尋ねなくなった。以前はよく質問したのに。笑わせよう、笑わせようとしゃべるわたしを——馬鹿だな、何をやっているんだ——というような目で見る。それから顔をそらす。

十一月、三ヵ月目に入った。病状が予告通りに進むのが、わたしには不思議だった。二週目くらいからおかしなことを口走り、眠っている時間が多くなった。でもまだわたしは諦められず、奇跡を求めていた。


最期のとき、主治医がわたしと夫だけにしてくれた。

夫の右手を握っていた。何も言葉が出てこない。苦しそうに息をする夫の喉が動かなくなった。それを見て、急にわたしは慌てた。死んでしまう、死んでしまう。どうしよう。

「ごめんなさい、ごめんなさい。ごめんなさい。ごめんなさい……」

わたしは泣きながらせきを切ったように謝り続けた。

十一月下旬、夫の葬式を済ませた。


きのう。きょう。

――夫は膵臓がんで亡くなった。がんのできた場所がたまたま見付けにくい、手術で取りにくい場所だった――。葬儀に来てくれた方々にわたしは同じ説明を淡々と繰り返した。

四十九日は年が明けた松の内が終わってからだった。様々な手続きなどの雑用に気を取られていた時期が過ぎると、わたしは夫の死をあれこれ考え出した。

自分の取った行動は最善だったのかどうか。わたしは間違っていたのではないだろうか。夫の死を早めてしまったのだろうか。自死、自殺。この字をどこかで目にすると、すぐ夫に繋げて考える。

変わりなく暮らしている友人にわざわざ自分の悩みを打ち明けるのは気が引けた。孫が生まれ、すっかり孫を中心とした生活に切り替えた人もいる。結婚していたら誰でもがいつかは連れ合いを亡くす。必ずどちらかが一人残される。だがそれはもっと先、七十代や八十代になってからの出来事と思い込んでいた。まさか五十七歳で夫と別れるとは予想もしていなかった。

夜、ベッドに入る。目を瞑ると、夫との出会いから始まり、結婚、子どもができず二人して悩んだ時期、養子をもらうかどうかで毎晩相談を重ねたころ、お互いの両親の世話など、様々な思い出が蘇る。そして突然の入院。最後は夫の真っ白な顔、大理石を触っているような冷たい頬、死に顔が目の前に広がってくる。この流れを毎晩繰り返した。

母は父が亡くなるとき、手を握っていた。「置いていかないで、置いていかないで」と母が泣きながら叫んだら、父は目を数回しばたいたそうだ。母は自分の思いが伝わったと思った。

きのう。きょう。

その数秒後に亡くなった。息を引き取るまでの数秒間、母は父と二人だけに通じる心のやり取りがあった。この思い出をわたしは母から何度も聞いた。父は最後の瞬間を母に手を握られ、愛情を交わして旅立った。それに引き替え、夫は自ら死のうとした。

眠られない日が続いた。朝、灰色の重たい塊で胸を押されているような気分で始まる。

何か食べても体内のどこにも吸収されずに消えていく。食べたものは一体どこへいったのだろうと不思議に思うほど、体から出てくるものは少なかった。で、気付く、そういえば朝から何も食べていなかったと。これまで料理をするのが嫌いではなかった。でもそれは喜んでくれる人がいるから、作らなくてはいけないという多少の義務感もあって毎日やっていたのだった。自分一人なら何でもよかった。

毎日せっかく生きているのに何をやっているのだと自分が情けなかった。畳の上で横になって、ぼんやりしている日々が続いた。

ある日、心療内科を探して行ってみた。知っている人に会うのは嫌だから、自宅からバスで四十分ほどかかる医院を選んだ。

「伴侶を亡くされたら、それくらい悲しいのは当然でしょう。それでもこうしてご自身で、ご自分の状態を見られる冷静さがありますから大丈夫ですよ。何か一つでも新しいことを始めてみたらいかがですか」

五分もかからない診療時間だった。どうしても眠られないときに、と軽い睡眠導入剤をくれた。常用しても副作用はないと言われた。

夫との約束をわたしは守らなかった、夫の死は自殺だと思っている。この二つを医師には告げなかった。

3

きょう。

午前六時に目覚まし時計が鳴り続けていた。手を伸ばして止め、眠れたと安心する。

昨晩は何だか疲れ切った感じで、これなら睡眠薬を飲まずに寝られるかもしれないと思った。三十分、一時間。やはり目が冴えてきた。けれどいつもと違うのは頭には脇田さんの部屋の間取り、会話、会ってもいない三十代の女性がわたしにも話しかけてくる場面が浮かんだりしたことである。午前二時過ぎ、台所へ行き、薬を飲んだ。

隣のベッドを見る。夫のベッドは今では物置場所になっている。取り込んだ洗濯物、繕い中のもの、ダイレクトメールのチラシなどが置いてある。この家のものを整理しワンルームに納めるとしたら、どれだけ捨てなくてはいけないか。想像しただけで無理と思う。

きょうは少し部屋の片付けをしよう。きのう、脇田さんの部屋を見たせいか、そんな気が起こりベッドを出た。

リビングのベランダの戸を開ける。ひんやりとした朝の空気が入ってくる。

和室にある仏壇の夫に「おはよう」と声をかける。遺影は二人で撮った写真のわたしを切り離し引き伸ばしたもの。夫の実家へ法事で出かけた際の写真。夫はネクタイを締め、ほんの少しだけ口元が微笑んでいるように見える。

毎朝見ている夫の顔なのに、きょうは何か違う表情に思う。羨ましそうにわたしを見ている。多分、きのうの一日があったからだろう。カラス、脇田さんのアパート、ヘルパーの話……。

——残念ね。死んでしまって。そうよ、こんなふうに生きていると思いがけないことが起こるのよ。だからあなたももっと長生きできたら良かったのに——。

朝、ご飯は炊かないから、お花の水と湯のみ茶碗のお水を替えるだけである。

夫は生前、台所のカウンターで朝食を食べた。気ぜわしいので、わたしは彼の出勤後に新聞を読みながら台所のテーブルで食べる習慣だった。夫が遺影に納まってからは、朝食場所はリビングに移った。小さなお盆にコーヒーとパン、果物かヨーグルトを載せる。テレビは付けず、新聞を広げ、時々口と手を休めて読む。一人で迎える朝は静かなままである。

昨年の今ごろはまだ仏壇がなかった。きのうの脇田さん宅のように、リビングの飾り棚の上に遺影と線香台を置いていた。夫の写真の前で泣いた。自分は夫に正直でなかった。夫の死を早めたのは自分だ。後悔がふつふつと湧いてくるのを抑え切れなかった。ぼんやりしているうちにお昼になり、夕方がすぐにきた。

初盆前に小さな仏壇を買い、和室に置いた。

自分のしたことを悔やんでももう仕方がない、夫は死者になってしまったのだから。生き返ることはないのだから。少しずつそう思うようになった。

新聞のテレビ欄に見たい番組はないかしらと探す。野球ファンではないが、阪神タイガーズの試合の放送は見なくてもつけておく。夫に向けての、わたしの気休めだとわかっている。

そろそろエアコンを掃除しなくては、と思ったら何でもない場面を思い出した。

冷房の嫌いなわたしに付き合い、夫は時々スイッチを切ってくれた。ぼくは君のために我慢しているとは言わないが、わたしをチラッと横目で見る。それからわざとらしく、扇風機の前に移動する。子どもが母親にほめられるのを待っているような顔だった。それがわかるからこそ、わたしはかえって気付かぬ振りをする。今思えば、あれも日々のささやかな遊びだった。

玄関のインターホンが鳴った。

「おはようございます」

受話器の声はお隣の奥さんだった。ドアを開けると、つばの広い帽子を取って挨拶する。

「おはようございます。またお願いしていいかしら」

「ええ。午前中ずっと家にいますから。お母さんはお変わりなく」

「きょうは落ち着いています。三十分くらいしたらおやつを。食器棚の上に置いてありますので。いつもすみません」

「これくらい何でもないですよ。お互いさまですもの。行ってらっしゃい」

「すぐ戻りますけど、よろしくお願いします」

お隣の奥さんは九十歳近い母親と二人暮らしである。母親には少し認知症が出てきて、手の届くところに食べ物があると手当たり次第に食べてしまうらしい。奥さんはヘルパーさんを頼んで外出したり、病院へ行ったりする。ただほんの短い時間はこうしてわたしがお隣へ、お母さんの様子を一度見に行くのである。夫が入院中、奥さんには何かと助けてもらった。それまでは挨拶程度しかしなかったが、夫の入院、そして死がきっかけでこんな付き合いが始まった。

十時半になった。預かっていた鍵で玄関を開け、「おはようございます」と大きな声を出した。返事がなくても和室へ向かう。

お母さんは和室の座卓の前で正座していた。わたしを隣人か娘の友人だと思っている。

「おはようございます。お元気そうですね」

「娘がいつもお世話になっております。人様に迷惑をかけるような子に育てたつもりはありませんが、仲良くお願いします」

お母さんは深々と頭を下げる。きちんとした話し方にわたしの方がどう返すか迷う。

「こちらこそ、いろいろお世話になっています」

わたしもお母さんと同じように畳に手をついて挨拶する。それからポットのお湯を急須に入れる。立ち上がってお菓子を取りに行く。

「どうぞ」

わたしはお母さんの前にお菓子と湯飲み茶碗を置く。

「これはこれは。お気遣いさせてしまって。どうぞ、お宅様もお召し上がりください」

「はい、ありがとうございます。いただきますね」

わたしもお菓子に手を出し、お茶を飲む。

お母さんと一緒にいて、黙っていても不自然ではない感じがわたしには楽だった。話すとすれば天気の話題くらいである。ぼうっとしていられる、でも一人ではない。すぐ傍で人の気配がする。きょうはお茶のお替わりを入れていた時に早々と奥さんが帰って来た。丁寧にお礼を言われたが、本当はわたしの方が助けてもらっていると思う。


自宅に戻る。

夫が亡くなった後、しばらくの間は外出から帰って来て玄関のドアを開けるとき、わざと「ただいま」と言ってみた。どこからか、何か変化があるかもしれないと望みをかけた。だが、そのうち、静かな室内に自分の声が響くのが余計に悲しくなり、止めた。

どうしてなのだろう、夫の死後、かえって夫に関心を抱くようになった。いなくなって、あらためて夫はどんな人だったのだろうと知りたくなった。一緒に暮らしていた時間はたっぷりとあったのに、その最中はただ目の前の行動に囚われていた。夫はこういう人だ、とわかったつもりになっていた。

紅茶を入れ、リビングのソファに座る。

わずか三十分ほど、お隣へ行っただけなのに、もうきょうの大事な仕事を終えたような気分になる。まだきょうは始まったところなのに。


カタカタ、カタカタ。

奇妙な音が開け放したベランダから聞こえた。ベランダの手すりをカラスがゆっくり歩いている。きのう、道路で見たカラスだ。すぐそう思った。

どうしてわたしの家がわかったのだろう。これまで一度もカラスをベランダで見たことがない。手すりの途中でカラスは止まった。じっとしている。こちらを振り向かない。

何故こんなことがきょう、起こるのだろう。

カラスの真っ黒な後ろ姿を見ていたら、ふっと夫の笑い声が聞こえた。

入院中に夫が一度だけ大きな笑い声を上げたことがある。わたしが隣のベッドの人を気にするくらいだった。

「わたしね、深く関わった男の人って、父と弟、結婚した夫のあなたの三人しかいないのよ。大人の男性で真っ裸を見たのって、あなただけ。一人だけなんて少ないと思わない?」


きのう。きょう。

正直に言っただけ。おかしな話だとは思わなかった。ただ夫が本当に面白そうに笑うので、わたしもつられて一緒に笑った。

つらかった、苦しかった時期にも、こうして二人で笑った時間もあったのだ。

カラスの背中が揺れる。ごそごそし始めた。またカタカタ歩き出す。手すりの端まで行ったら、さっと飛び去った。

死者を弔ったら飛び立つこと。

カラスはそれを教えに来てくれた。

夫は五十九年以上の時間を生きなかった。

わたしは彼よりも長く生きられるだろうか。六十、七十、八十……。あしたが本当にわたしの元にやって来るのかはわからない。

きのうは確かにあった。確かに。きのうまでに積み重ねてきた数多くのきのうがある。きのうの中に、まだ自分が見付けていないきのうがたくさんある。

きのうカラスに出会い、きょう、カラスと再会する。きのうのカラスと、きょうのカラスを繋げて考える。こんなことができるのは、きょう生きているから。

きのう。きょう。

貝楼岬

日本地図を広げると、列島の周辺に水滴が飛び散ったような島が幾つもある。

その中の一つ。わずか人口三百人にも満たない小さな島。東から西まで約二・五キロ、北から南まで一キロ。島の真ん中辺りがきゅっとくびれ、蝶が羽を広げたような形である。

この島を訪れたのは短大二年の夏休みだった。

学校の掲示板に八月中旬に島で開かれる「サマーアートフェスティバル」のボランティア募集が張り出された。二週間島に滞在し、フェスティバルの準備をし、期間中は参加者たちへの応対、様々なイベントや体験教室の手伝いをする。キッズファンタジーデーは子どもたちと一緒にアートをし、スタンプラリーでは島のボランティアの人たちと共に働く。

面白そうだと思い、親友の康江《やすえ》を誘った。長い夏休みをどう過ごそうかと考えていたらしい。すぐのってきた。

「由利《ゆり》っぺと短大最後の夏休みを島で過ごすか。うん、なかなかいいじゃん。行く、行く」

康江だけが由利子という名前の私を由利っぺと呼ぶ。私たちは特別な関係なのだと思えてうれしい。入学式で隣同士になり、すぐ仲良くなった。

私は来年卒業だが学部へ編入する。教職課程を取って教師を目指す。画家になりたくて美術コースを専攻したが、クラスの人たちの創造力あふれた作品の前に自分の才能のなさを早々と悟った。卒業後の進路を教職に絞り、勉強し直すつもりである。

康江は広告会社から既に内定をもらっていた。一年生で全国公募のポスターデザインコンクールに入選している。彼女は自分の美的センスを信じる強さがある。私にはない。

百六十三センチの康江と小柄な私の身長差は七センチ。でもあらゆる面でそれ以上の差がある。知り合った頃は何かにつけて彼女が羨ましかった。康江はちょうどいいサイズの面長の顔に高めの鼻、二重の少し釣り上がり気味の目が生き生きと動く。目のきつさはセミロングの髪とぽってりした唇が和らげている。

アンパンマンの妹みたい、と私は子ども時代から友人たちに言われていた。知らない人から声を掛けられ「あっ人違いでした」と間違えられたりもした。結局どこにでもある顔なのだ。ショートヘア、ポッチャリ体型の丸顔、普通サイズの一重の目と鼻。だがニッコリすれば右頬にえくぼが浮かぶ。これは私のチャームポイントだと思う。

康江は絵を描きながら生きると高校時代に決めたらしい。今は同じ学生だが、いつか彼女は私の手の届かないところへ行くだろう。私にとって絵、あるいは美術は生活の中の一部。だけど康江は絵画に人生を入れてしまっている。生きていくのに絶対必要なのだ。この二年間はつかの間の康江との特別期間。そう考えるようにしたら一層彼女に近付けた。

数年前から始まったアートフェスティバルは、過疎化の進む島を何とか食い止め、活気付けようという狙いだそうだ。しかし反対もあった。小さな島にやみくもに人が押し寄せたらどうなるか。それでテーマをアートに絞ったのだと、事前のミーティングで事務局チーフの横田さんが話してくれた。

二週間の島暮らしに期待した。ちょっとした冒険に出かける気分だった。水着と浴衣を新調し、専門店で花火を買った。学生生活最後の夏を島で大いに楽しむつもりだった。


八月初旬、午前七時三十分始発の船に乗った。

船は以前湖で乗ったことのある遊覧船を一回り小型にしたくらいの大きさで、定員は三十五人と表示してある。一緒に乗船したのは二十人ほど。若者数人に、ほとんどが中年以上の男性で釣り道具を持っていた。

康江と私は船の先頭に陣取った。

波を分断しながらしぶきをあげて進む船の勢いが、そのまま私の気持ちだった。一度も島に行ったことがなかったから、一体島へ降り立ったらどんな気持ちになるのだろうかと想像するだけでもワクワクした。

「ねえ康江、島を一周しようね。それから日の出と日の入り、両方見ようよ」

あれこれ話しかけても康江は聞いていない。右、左とせわしなく視線を動かす。突然叫んだ。

「由利っぺ、ほら見て。あそこ、蜃気楼《しんきろう》に見えない？　描いてみたいわ」

「蜃気楼なんて見たことない。わからない」

私は素っ気なく返した。島での暮らしに興味を持っている私と違い、康江は絵の題材を見付けたいのだ。


島には西港と東港がある。

私たちは最初に寄港した西港で降りた。乗船してから三十五分後だった。

島に降り立ち、一歩ずつ足を前へ運ぶ。その度に、ここは海に浮かんでいる小さな島なのだ、と強く意識してみた。が、足の感覚はいつもと何も変わりない。

「よーく考えたら、日本列島だって大きな島なのよね。大きいか小さいかの違いだけで私たち毎日島で暮らしている」。当たり前のことに気付いて康江に言ったら、「由利っぺは何でも大げさに騒ぎ過ぎる。大人になりなさい、大人に」と笑われた。

トタン屋根の田舎のバス待合所のような建物がこの島の玄関口である。隣に宝くじ売り場の箱に似た乗船切符売り場があった。壁にフェスティバルのポスターが二枚張ってある。

フェスティバルの事務局は「島民憩いの家」にある。港からはすぐだった。瓦屋根の二階建てで、二階の窓下にフェスティバルの看板が掲げられていた。普段は島の人たちの集会所である。ここで横田さんはスタッフ、住民ボランティアの人たちを紹介し、私たちも挨拶した。

「犬飼さんと矢野さんの世話人は高橋喜代《きよ》さんにお願いしましたからね」

横田さんから地図を書いたメモを渡される。ホームステイという言葉もあるが、この島では学生を引き受けるお宅を世話人と呼ぶそうだ。

憩いの家から地図を見ながらスーツケースを引っ張って歩く。緩やかなカーブを左に曲がると、二階家の窓から身を乗り出して、おいでおいで、と手を動かす人がいる。高橋さんらしい。あまりの近さに地図を見直してしまう。玄関前に着くまでずっと窓から手を振っていてくれる。

「もう来る頃だろうと思ってね。一番船だったろう?」

「はい。おはようございます。お世話になります」

二階を見上げながら二人で返事した。玄関の引き戸が開いたままだけど、外で高橋さんが下りて来るのを待つ。

「いらっしゃい」

「この度はお世話になります。私は矢野由利子です」

「犬飼康江です。よろしくお願いします」

練習してきた正式のお辞儀を二人でする。

「ほな、あたしは高橋喜代ですがね。まぁええわ、はよー入って」

家の中へ入る。目の前に階段があった。

「あんたらの部屋は二階だからね。気を付けんと。階段から落ちんようにね。あたしはそう上がらんで。何か用事があれば下から呼ぶで」

確かにお城の天守閣へ上がる階段みたいに傾斜が急である。

「その雑巾で足拭いて。荷物二階へ上げて。海側がお二人さんの部屋だからね。荷物片付けたら下りていらっしゃい。スイカあるよ」

「あっはい、どうもありがとうございます」

よそ行き用の一オクターブ高い声で康江がお礼を言った。彼女の膝を後ろから私の膝で押したらガクンと康江は転びそうになった。私は笑いをこらえて澄ましていた。喜代さんはそんな私たちを見ていたが、首を傾げただけで奥へ引っ込んだ。その様子がおかしくて、康江と笑い声を上げてしまった。

二階には廊下を挟んで二部屋ある。箪笥と衣装ケースなど物置部屋ふうの部屋。もう一部屋は八畳で窓が開け放してあり、隅に布団が積んであった。

「由利っぺ、ここから見える景色面白いよ。ほら、あの向こうの小高い丘が海と同じ高さに見えない？　不思議、不思議」

康江は窓枠に腰掛け、私を呼ぶ。折り重なった屋根の間から海が見える。建物の隙間を青色できちんと塗りつぶしたような海だった。

荷物を整理し、階下へ下りた。台所とつながった居間へ顔を出すと、喜代さんがスイカをテーブルに置くところだった。

「この島では今でも物々交換だからね。このスイカは今朝、トマトと替えっこしてもらってきたよ。あんたらは若いからたくさん食べるだろう。一番大きいのを選んだよ」

白のロゴ入り半袖Tシャツ、首にタオルを掛け、白地に赤の花柄ズボン、私たちが着るような服である。髪を無造作にゴムで縛っている。正座していたら「あんたらなーにも気がねせんで。いつもの家にいるようでえーからね。ほら、足投げ出して」と勧めてくれた。

「あのー、高橋さんをどうお呼びしたらいいでしょうか」と康江が尋ねる。

「そんなの、何でもええよ」

「由利っぺ、いえ、由利子と私はお互いに名前で呼び合ってますが。お名前で呼んでもいいですか。喜代さんとか」

「いっそ、喜代ちゃんでもいいよ」

あはは、と豪快に笑う喜代さんを私はもう好きな人のグループへ入れた。

喜代さんは七十四歳。漁師だったご主人を六年前に亡くし、それからはずっと一人で暮らしている。二人の息子さんは漁師を継がず、大阪と博多で会社員をしているそうだ。

「ほらスイカ、もっと食べて。冷蔵庫へ入れるで、もっと小さくしてもらわんと困る」

追い立てられるようにしてスイカを食べる。

「ちょっと近所へ行くで。残ったスイカ、冷蔵庫の一番下へ入れといてな。あんたら、出かけるんなら鍵かけんでええからね。この島じゃ誰も鍵なんかかけんでな」
玄関に誰も鍵をかけない島。まるで島が一つの大きな家みたいだ。

草花にほんの少しの間止まって蜜を吸い、羽を休める蝶。そんな蝶に似た小さな島。空から見たら私は蝶の左羽の右下の端っこにいる。

島に来て二日目の朝。

憩いの家の奥座敷でイベント準備をしていた。画用紙に描かれた大きな矢印をマジックで黒く塗りつぶす作業である。

私は何となく玄関口に視線を向けた。

自動扉が開き、両手にバケツを提げた男性が入ってきた。背はそんなに高くはなくやせている。卵形の顔を天然パーマのようなウエーブの髪が縁取り、肩の辺りまで伸びていた。決して漁師には見えない体型なのにゴムの長靴を履きリュックを背負っている。紺と白のギンガムチェックの半袖シャツ、長靴に折り込んだ色落ちた紺のジーンズが妙におしゃれっぽかった。天から一本の棒が真っ直ぐにすっと降りてきたように男性は立っていた。——体のどこにも力を入れないで自然に美しく立つ——。ダンスを習っていた時に、これがいかに難しいかを実感していた。この人なら先生から合格点をもらえるだろう。

男性は私たちの部屋の方に近付いてきて、奥に向けて上半身を乗り出した。その瞬間、横田さんが顔を上げ「あっ」と立ち上がり土間へ降りた。

「おはようございます。もう持ってきて下さったのですか」

「うん、いるだろう」

「ありがとうございます。これだけ採れたんですか、すっごい！　ねえ、みんな、ご覧なさい。これがアカニシ。貝紫染めに使う貝よ」

横田さんが振り返り私たちを呼んだ。それからバケツから貝を取り出し、手の平にのせ「アカニシよ」と言った。

「アカニシ、アカニシ」と私は初めて見た貝の名前を繰り返した。バケツにはゴツゴツした岩の表面を削り取って巻貝にしたような塊が幾つかあった。五センチから十センチくらいで白や灰色、薄いレンガ色っぽいのもある。

「ほんとにこの貝からあんなきれいな紫色が出るのかしら」

つい独り言をつぶやいた。

「不思議だろう。自然にはまだ計り知れない謎がいっぱいなんだ」

その男性が私をチラッと見て言った。

「そうだわ、関口さん、こちらが今年のアートフェスティバルを手伝ってくれる学生ボランティアの犬飼康江さんと矢野由利子さんです。関口修平《しゅうへい》さんよ。関口さんは貝紫染めでいろいろ創作していて。彼にかかるとアカニシもほれぼれするような色を出すのよ」

横田さんが関口さんを紹介してくれた。

「よろしくお願いします」

康江と顔を見合わせてから丁寧なお辞儀をした。

そんな私たちに関口さんはちょっと微笑んだ。そして首を左右に揺らし何かのリズムを取った。おかしな人だと思った。

で、この日から私は関口さんをマークすることに決めた。


初対面の関口さんに強く魅かれたのは彼の風貌と姿勢である。長いまつげが切れ長の目を囲み、その目が時々いたずら少年のように輝く。人は内面に、どこかいびつでこだわりがあり、それがその人の立ち居振る舞いに表れる。何気ない体の動きを、自然に美しく見せられるとしたら、そしてそこに立っているだけなのに周囲にさわやかさを与える人がいるとしたら、それはもうその人自身がアートだ。ダンスを習っていたせいか、初めて会った人を体の雰囲気と姿勢で直感的に人間性まで想像する癖が私にはあった。

翌日、思いがけなく再会できた。

東側にある小中学校へチラシを届けるために自転車で走っていた。すると、向こうから関口さんが自転車に乗って現れたのである。

「関口さーん」と大きな声で呼び止めた。

薄いブルーのTシャツと半ズボンで、男子学生のような服装である。

「おはようございます」

私は自転車から降りて挨拶した。関口さんはサドルに座ったまま「おはよう」と言った。

「どこへ行くんですか」

「憩いの家。啓子《けいこ》がケーキを焼いたからみんなに差し入れするよ。僕は宅配のバイト中」

関口さんの目がしゃべる前から温かくなっていたから何か冗談を言うと思っていた。啓子は奥さんの名前だと思う。会ったことはない。

「ありがとうございます」

「君は」

「学校にチラシを届けに行きます。やだ関口さん、イヤリング付けている」

「きれいな石だろう。宅配ボーイはカッコよくないとね、お客さんに嫌われたらだめだ」

左耳だけに緑の石が三個つながって揺れている。

関口さんは背中を丸め、突風の中へ走り込むみたいに勢いよく走り出した。後ろ姿を観察しながら見送った。絵になっていた。

島に来てから、つい歩いている途中で足を止め、周囲の自然に目を向けてしまう。

島を取り囲んでいる海も日によってその表情はまるで違う。朝、晴れやかな空に応えるように真っ青な波が浜辺に穏やかに届く。曇り空から雨が振り出すと、途端に海の色は濃い青色から薄茶色になり、波の背が鋭角的な山になる。海ははるか太古の自然とも繋がっているのだ。こんなふうに考えるようになるなんて。島暮らしの影響に違いない。

康江は六時半の起床時間よりもっと早く起きて一人で海岸へ行っているようだ。目が覚めて、隣の布団に康江がいないと、きっと海だと思う。康江は一対一で海と接したいのだ。一人の方が自分の感覚の奥深くへ入っていかれるのだろう。誰かと一緒に見る方が好きな私とは違う。だから、康江が布団から出るのに気付いても眠っている振りをする。

「ほら、起きなよ。いつまで寝てんのよ」

私はまた眠ってしまったらしい。康江が私の頬に貝殻を引っ付けた。

「朝の海って、これから太陽が出てギラギラする海になるって思えないくらい静かでひんやりしているよ。由利っぺもたまには早く起きてごらん。ほら、お土産だよ」

康江は私の両目に貝殻をのせた。瞬きしたらまつげがこすれてくすぐったかった。

夕方六時過ぎ、憩いの家の前の砂浜の階段で康江と涼んでいたら、関口さんと女の人が歩いてきた。奥さんの啓子さんだろう。

「今晩は」

「やあ君たちか。犬飼さんと矢野さん、だったよね。啓子は僕の奥さん、今はね」

「うっふ何よ、その言い方。変な人でしょ」

啓子さんは笑いながら、ちょっと会釈のように軽く頭を下げた。

「先日はケーキ、ごちそうさまでした」

康江がお礼を伝えた。

「おいしかったです」

私も続けた。

「だろう。ほら啓子はケーキ屋もできるって」

関口さんは啓子さんの腕をトントンと叩き、「じゃあね」とあっさりと立ち去った。

啓子さんはフワッとした白のインドっぽい長袖シャツをタンクトップに羽織っていた。短い髪がペタッと額に引っ付き、キューピー人形のお姉さんみたいである。関口さんの髪が長いから、二人並んで歩いていると不思議なムードが漂う。

彼らと会う少し前に「関口さん、四十七歳だって」と康江が教えてくれた。びっくりした。父と同い年だ。信じられなかった。髪は多いし体に余分な肉がついていない。肌に艶もある。中年男性のくたびれ感が全くない。会社員の父には鎧《よろい》を身に着けているような固さがあるが、関口さんは木綿のシャツが風に揺れるように軽やかである。それに何だか関口さんって危なっかしく見える。前だけ見て歩くから足元の小石につまずいてしまうような。

「康江、どう思う、あの二人」

「どうって」

「何か怪しいと思わない？　こんな小さな島にあんな素敵なカップルが住んでいるなんて。島の七不思議の一つよ」

「また由利っぺの想像力の無駄遣いが始まった。駆け落ちしたのかもね」

「でもそれにしてはちゃんと島の暮らしにも溶け込んでいるじゃない。隠れているって感じでもないし」

「そうね、この島に住んだらプライバシーなんてないもの。みんなわかっちゃう」

都会のおしゃれなマンションから出入りするのが似合う二人が、何故この人口三百人たらずの小さな島に住んでいるのだろう。

その日の午後、康江と憩いの家とは反対側の東地区の岬へ行った。

島で一番幅広の大通りを約十五分歩く。それから突端の岬まで竹林に挟まれたくねくねと続く道を行く。木々の間から海が見える。チラッとのぞく海はキラッと光ったり、群青色のゼリーがブルッと揺れるようだったりする。日によって異なる。この日の海はおとなしそうにゆったりと動いていた。

岬は楕円の先のように海へ突き出ている。ここがこの島で私の一番好きな場所だった。丸太のベンチに康江と並んで座った。

「ねえ康江、この場所に私たちだけの名前を付けようよ。何年経っても、あそこねってわかるでしょ。知ってる？　康江の好きな蜃気楼は貝楼とも言うのよ。だから、ここは貝楼岬」

「ウワッ、そういうのって気持ち悪い。勝手にどうぞ」

康江はあっさり退けた。でもいい。私はここを貝楼岬と名付ける。

康江は立ち上がり崖っぷちまで行った。草地に腰を下ろし、スケッチブックを広げた。

私はベンチに横向きに寝転んだ。まるで海と一緒にベッドに入っているようだ。波音が子守歌に聞こえる。ほんの少し眠ったのかもしれない。目を開けると、康江の背中がさっきと同じ場所にあった。

「康江、もう帰ろうよ」

私が声を掛けなければ、康江は薄暗くなるのにも気付かずに描き続けるのだろう。

帰る途中、竹林の道で「ストップ！　今、今」と声を掛け合い、目を閉じる。その場で立ち止まり一瞬を一緒に味わう。涼しい風が体とシャツの間を抜けていく。

「ほら、波の音と風が仲良くハモってる」

康江がつぶやいた。


アートフェスティバルが始まった。

土日を二回挟み九日間にわたって様々なイベントや展示が行われる。だが想像していた以上に島を訪れる人は少ない。空き地や廃家を利用して作品を発表したアーティストたちの家族、その友人や知り合い、関係者などが夏休みの旅行を兼ねて島に来ている。過疎化の島対策にこのフェスティバルが有効かどうか私にはわからない。けれど一日でも島に滞在すれば何か心に残るものがあるに違いないとは思う。

その日の午後四時過ぎ、私は一人で貝楼岬へ行った。夜は憩いの家で作業がある。それまでの自由時間を康江はスケッチに当てるという。彼女の邪魔をしたくなかった。

太陽はまだ照り輝いているのに、竹林の道を歩くと少しひんやりして汗が引く。岬の丸太のベンチで、また横になろうと思っていたら、白いTシャツが見えた。関口さんだ。私が近付いていっても気付かない。

「こんにちは！」

驚かそうと大きな声をワッと背に投げた。関口さんは振り返り、私を見て頷き、また前を向いた。動揺なし。

「お好きなんですか、この場所」

「ああ」

「私も島の中でここが一番好きです」、それから間を置かず「関口さんは父と同い年なんですね」と続けた。

「四十七歳？」

私が父のことを口にしたせいか、関口さんは後ろを向き、今度は私の目をしっかり見た。

「はい。でも関口さんと父は全然違います。父は会社員だし何も趣味がなくて。休みの日は新聞読んでゴロゴロしているだけです」

「ゴロゴロしながら何か考えているさ」

座ったらという素振りで関口さんはベンチをトントンと叩き、少し横にいざった。

「はい」

関口さんの左横に腰を下ろした。黙ったままで海を眺めている横顔に話しかけた。

「……ちょっと聞いていいですか」

「いいよ。何」

「どうしてこの島に住んでいるのですか」

関口さんは正面の顔になって私を見た。目は何の汚れもなくて怖いくらい力がある。

「何故君はそんなことを聞く」

「父と同い年なのに、関口さんは父とは随分と違う生き方をしていると思って」

「君は僕のことを何も知らないだろう」

「でも見ていたらわかります。父は絶対に決めた枠から出ない人です。でも関口さんは違う。それくらいわかります」

「お父さんの生き方だって悪くない」

「でも父の本心は枠から出たいと思っている。きっとそうです。そうに違いありません」

私はきっぱりと断言した。

関口さんは大声で笑い出した。体を上下に揺らして笑う。そんなにおかしなことを私は言ったのかしらと思いつつ、何故か自分も一緒になって笑った。ただ関口さんが笑うから、それに合わせて笑っただけである。

「君にはお父さんの気持ちがわかるのか」

まだ関口さんは笑っている。

「わかります。私、見たんです、父の顔」

急に長い間閉じ込めてきたことを口に出したくなった。彼に聞いてほしくなった。母にも康江にも言わずいたことを。

「……あのーいいですか？」

「何」

「父のこと。何だか関口さんには話せるような気がします」

「僕が君のお父さんと同い年だからか。いいよ、聞くよ。僕は貝のように口が堅いからね。秘密は守るよ」

「……私、中学三年生でした。ある晩、父にかかってきた電話にたまたま出たんです。若い女性の声でした。受話器を渡した父はそれまでに一度も見たことがないような、感情がなくのっぺりとした顔で。いつもの父とは別人でした。それから私、父の様子が時々変なのに気付くようになったんです。父の抜け殻が今、椅子に座っているって」

「君はずっとお父さんを観察していたのか」

「父を見ていると、心はどこかへいっていて空っぽの体だけがここにある、と。でも母には何も言いませんでした」

「それはよかった。波風を立てるのは当人同士ですればいい」

「父はあの電話の人が好きなのかもしれない。そんな想像が広がって。父は我慢して母や私と暮らしているのかもしれないって思ったり」

「いいじゃないか。もしそうだとしても。我慢して生きていくのも一つの生き方だよ。僕にはできないけどね」

それから長い沈黙があった。

これまでのしこりを吐き出したらすっきりした。そうしてみると、何故こんなことを大事にしまっていたのだろうと思えた。

風が冷たくなってきた。太陽が地平線の下にそろそろ入りたがっている。

「君は幾つだったけ」

「二十歳になりました」

「じゃもう大人だな」

「はい、大人です」

関口さんは髪に指を入れてぼさぼさっと頭を振った。しばらく海を見て、それから隣の私を見た。きりっとした引き締まった表情だった。ちゃんとこの場所にいる。

「君は秘密を打ち明けてくれた。……僕も話そうか」

「私、絶対誰にも言いません」

「わかった、わかった」

関口さんはちょっと笑った。

「人に聞かれて困るようなことではない。が、あえて話す必要もない。ただ僕が君のお父さんと比べたら、とんでもない男だってわかってもらうためかな。僕は前の家庭を捨てた」

「関口さんたち、駆け落ちしたんでしょ」

関口さんは苦笑いを浮かべた。

「違う。それよりもっとひどいだろう。僕は前の妻に別れてくれと真正面から頼んだ」

膝に置いた手に思わず力が入った。一瞬、私が関口さんの妻で、ある日突然「別れてくれ」と言われた気がした。

少し前まで海はまだ明るさを残し、軽やかに波が踊っていたのに、今は重たそうに揺れている。

関口さんは金沢で着物に友禅染の絵を描いていた。織り元のお嬢さんと結婚し娘が生まれた。毎日不満もなく、穏やかに過ぎていく日々を幸せだと思う暮らしが続いていた。

「ある日、大阪から学生たちが仕事場を見学に来た。その中に啓子がいた。彼女は美大の三年生で、僕の絵に興味を抱きいろいろ質問してきた。何不自由なく伸び伸びと育ち、物事を真っ直ぐに見る、そんな印象だった。この花、造花みたい。友禅染の花って生きているように描いてはいけないんですか、って聞かれた。スーと体から血が引いたよ。自分なりに精いっぱい描いているつもりだったが、彼女から見たら僕の花は死に花だった。僕の表情が急に変わったので、彼女はすみませんと謝った。僕は、謝る必要はない、ありがとう、と返した。僕の内部の、僕自身が気付かなかった部分を引っ張り出してくれたのだから」

数時間で帰ってしまった彼女にもう一度会いたかった。関口さんは連絡を取ろうと大学へ問い合わせた。伝言を頼んだ。それから啓子さんとの関係が始まった。

「お子さんは幾つだったのですか」

「まだ小学生だった。もう今は社会人になったよ。妻は呆れて怒る気力もなかっただろう。そりゃあそうだ。普通に平穏に暮らしていた夫から突然別れてくれと言われたんだ。でも僕はそうすることしかできなかった。地元では噂になったよ。子どもが成人するまでは仕送りした。東北の温泉旅館で働いた。そんな生活が自分に出来るなんて思ってもみなかったよ。啓子は仲居をやり、僕は旅館の送迎バスを運転し、夜はスナックのバーテンもやった。何だかあの頃は自分たちでわざわざ過酷な状況に飛び込み、それでも一緒にいたいと思うか試しているみたいだった」

あのおっとりと関口さんの隣で微笑んでいる啓子さんが仲居さんをしていた。どんな苦労があったって関口さんと一緒にいたかったのだ。いや違う、関口さんと一緒にいれば苦労は苦労ではなくなるのだろう。

「この島で穏やかにのんびり暮らしているお年寄りたちにもいろんな過去があったと思うよ。君のお父さんは殻の中でも呼吸して生きていける人だ。でも僕は殻から出たくなる。身勝手な男だ、僕は。啓子に会わなければ、こんな自分は出てこなかったかもしれない」

関口さんはこれで話は終わったとわからせるように、私の肩にちょっと手を置き立ち上がった。うーんと両手を空に上げ、背伸びをした。それから空と海をしばらく眺めていた。

「みんな一人ひとり、こうしか生きられないという生き方で自分の命を全うするしかないよ。それで誰かを傷付けたとしても、その報いを受け止めて生きていく他ない」

そう言い切ると、関口さんは「じゃ」と片手を挙げ、私を残してさっさと歩き出した。

「失礼します」と後ろ姿に言った。

この日の海をしっかり覚えておこう。私はしばらく海とにらめっこを続けた。

この日午前十時から、関口さんが講師を務める貝紫染め体験教室が憩いの家で開かれる。二階の和室に集まったのは小学五年生の女の子と三十代のお母さん、女子学生二人、五十代の女性、島の学校の教頭先生だった。初めに私は短く挨拶した後、貝紫染めについて簡単に説明したプリントを配った。

『貝紫とは、アクキガイ科アカニシ貝のパープル腺の分泌物を取り出して得られる色のことである。使用できる貝は世界中に三百種以上あり、日本では、アカニシ、イボニシ、レイシなどが採取できる。この染色法を発見したのはおよそ紀元前に地中海近辺に住んでいたフェニキア人といわれる。その色の美しさと原料の貴重さから、その後ギリシアやローマの帝王たちの衣服の色になり、「ロイヤルパープル」（帝王紫）ともいわれる。古代ローマではシーザーやクレオパトラの衣装、アントニウスとクレオパトラが乗った船の帆も貝紫で染められていた。日本では、近畿地方の志摩の海女たちが自分の手ぬぐいに貝紫の液を松葉につけて印をつけ、それをお守りにしたという風習が伝えられている』

「貝紫染めに魅せられて島に移り住んだ講師の関口修平さんです」

「関口です。教えるなんておこがましいですが一緒に楽しくやりましょう。実は毎回どんな色に染まるのか予想がつかないんです。何年やっていてもこうなんですから。ところで、貝紫の色って見たことありますか」

立ち上がって普段の調子で話す関口さんは集まった人たちを見回した。

「あのぉ実は私は一度もないんです。友人が好きな色は貝紫色だと。どんな色かしらと思って、息子にインターネットで調べてもらったらこの島に行き当たって。役場に電話したら体験教室があるって聞きましたので」と年輩女性が答えた。私はほっとした。最初に打ち解けて話す人がいれば初対面の人たちばかりでも、それがきっかけで雰囲気が和らぐ。後は自然の流れに任せればいい。

「失礼して」

関口さんがあぐらをかいて座った。

「写真展で見ました。貝から染めるなんてびっくり。自分で染めるなんて楽しみです、ね」

お母さんは女の子に返事を促すようにしたけど、その子は何にも言わなかった。

女子学生の一人が「草木染めはやったことがあります。貝紫染めも一度体験したかったので参加しました」と話す。

「この春からこの島へ赴任しました教頭の長谷川と申します。まだまだ島については何も知らなくて。今日は勉強のつもりです」

みんなの話が一段落すると、関口さんは帯とスカーフを取り出し、机に広げた。

「これを見て頂きましょうか。貝紫染めです」

「わっきれい！」と女子学生が歓声を上げた。

「これが貝紫の紫なのね」

スカーフには薄緑の絹地に藤紫色の小花が散っている。

「ほら、見てごらんなさい」とお母さんが帯を手に取り女の子に見せる。薄いブルー地の帯には貝紫染めで兎と三日月が描かれている。女の子は首を傾げながら黙っているので、お母さんが「きれいでしょ。ね、優しい色でしょ」と繰り返す。

関口さんはみんなが見終わると机の作品を片付けた。それから「これが今朝採れたばかりのアカニシです」と新聞紙を広げ、バケツから貝を取り出した。

私は参加者たちの木板に貝を配った。

関口さんは貝の殻を金槌《かなづち》で叩き割り、内臓を取り出す。「この黄色っぽいところが内臓で、パープル腺はこの中にあります。こうして今度はナイフでパープル腺を傷付けないように注意して取り出しください」。ナイフの先で内臓を引っ張り出し、広げ、黄色いパープル腺をみんなに見せた。

教頭先生は関口さんがやったように金槌で割った貝からパープル腺を抜き出した。それからは「どれ、やってあげますよ」と他の人の貝を自分の板に置き、ナイフを動かした。

「わっ何、この臭い！」

女子学生二人が顔を見合わせ叫んだ。

「くさいよ！　やーだ、くさいよー」とはしゃいでいるのか騒いでいるのかわからない。大声を出しながらでも、ちゃんと手を動かすので安心した。

異臭が部屋中に漂い始めた。魚屋で魚を処理した後に捨てるヌルヌルでグチャグチャしたものを太陽にさらしたらこんな臭いになるのではないかと想像した。初めてアカニシを見たとき、この貝から美しい紫色が生まれるなんて信じられなかったが、この強烈な臭いにはまた驚いた。私はタオルで鼻を覆い口で息をした。目はしっかり開けていたけれど、何だか目が異臭でただれていくような気がした。

「パープル腺は貝の中にあるときは紫ではありません。空気に触れて酸化することで紫になります。パープル線が酸化して紫になってしまうと染まりません。還元剤を入れ、体内のときと同じ状態に戻して染めるわけなんです」

「僕だってほんとは辛いんです」

関口さんが小声で言った。みんなから笑いが起こった。

用意した六十度のお湯を入れたボールに、関口さんはパープル腺を溶かす。それに苛性ソーダを入れ、その後ハイドロを加えた。液は紫色から濁った茶色に変わった。薄ビニール手袋をはめて、参加者たちは水につけておいたハンカチを絞ってボールに入れる。

「わっ黄色になっちゃった！」

女子学生がまた大声を上げた。

「日光に当てて乾かせば全体が薄紫の貝紫色になりますよ。楽しみに待っていてください」

関口さんはみんなにきっぱりと言った。

玄関先で参加者を見送った後、スタッフと机を片付け道具を洗う。部屋に掃除機をかけたが、まだしぶとく腐った臭いが残っていた。


昼食を摂りに喜代さん宅へ帰り、午後一時半前にまた憩いの家へ戻った。

庭のタオル掛けに干したハンカチが乾いていた。ちゃんと紫色に染まっていた。誰のハンカチか間違えないように封筒に入れる。五人分だからすぐ終わった。午後の仕事はスタンプラリーのポイント場所の手伝いである。

出かけようとしていたら関口さんが顔を出した。朝の服装とは異なり、白のコットンパンツに黒地に白の横文字がいっぱい書いてある奇妙な半そでTシャツである。

「どんな色になったかと思ってさ」

「あっ、もう封筒に入れてしまいました」

私は教頭先生の封筒のセロテープをゆっくり上手にはがしハンカチを取り出した。

関口さんはハンカチを手に取ると外に出た。空に向かってかざす。

「ちょっと紫、薄かったかなー。どう」

あの貝から、あの内臓から、この紫色が生まれる。そのことが大事件だと思うから、「そうですか」と返事しただけである。封筒を事務所番の島のボランティアさんに預ける。

家に帰るという関口さんと一緒に途中まで行くことにした。

関口さんは廃家だった平屋建てに手を入れて住んでいる。家賃はびっくりするほど安く、役場の人に何度も聞き直したそうだ。

「窓がしまらなくてさ。ベニヤ板をはめて二重窓にした。啓子が板に絵を描いたよ」

リュック姿の関口さんはどこかへ遊びに出かけるみたいに軽い足取りである。相変わらず体を余分に揺らさず、無駄なく軽やかに歩く。その背中に見惚れながら話し掛けた。

「関口さんって、いつもどこかへ、そう、遠足に行く子どもみたいに弾んで歩いている」

「遠足か。今日一日の食糧だけ背中にしょって歩くか。それもいいよな。僕の人生もそんなとこだな。人間どん底まで落ちると強くなる。もうどこだって暮らしていける。面白いぞ、誰も知らない土地でゼロから始めるのは」

時々関口さんは振り返る。角を曲がり、すっと消えたと思ったら、ワッと大声を出して私を驚かす。私は関口さんに付き合い、ちゃんと大げさに驚いてあげる。心臓が止まるかと思った、と言ったらうれしそうだった。

道端をのそのそ歩いている猫に、「おい、いい男見付けたか」としゃがんで話す。

「この島では野良猫をよく見掛けますね」

「野良じゃないよ、この島の住人、住民票は出してないけどね。僕が来る前からここに住んでいる、この猫は。僕の先輩さ」

関口さんの家は板塀が取り囲み、二本の木が門みたいに間隔を置いて立っていた。玄関前に新聞紙に包んだ野菜が転がっている。

「ここだよ。おっ誰か何か持ってきてくれたな。よし、よし。この島じゃ現金より大事なのは島の人たちに嫌われないことなんだ。じゃ、お疲れさま」

関口さんは手を上げ家の中へ入った。

「失礼しまーす」

大声を上げてから私は庭を見回す。アヤメを小さくしたような白い花が咲いていた。物干し竿に洗濯ばさみで止めたワカメとジーパンが仲良くぶら下がっていた。


アートフェスティバルは終わった。

島の東側、小中学校のグラウンドで盆踊り大会が開かれる。島で過ごす最後の晩である。買ってきた浴衣を初めて着た。紺地にピンクや紫、水色の朝顔が蔓から伸びるように咲いている。母から教えてもらった蝶々結びで赤い博多帯を締めた。康江はジーンズで行くと言う。せっかく花火柄の浴衣を持ってきたのに。一緒に着ようよ、と勧めても、スケッチするって画板を抱えた。

グラウンドには金魚すくいと風船釣り、かき氷、飲み物、綿菓子などのお店が出ていた。中央の櫓《やぐら》を踊りの輪が取り囲んでいた。櫓の上で半被を着た鉢巻き姿の男性二人が太鼓を叩いている。盆踊りは中学生以降全く踊っていなかった。でも島の最後の夜なのだから、と勇気を出し輪の中に入った。上手な人の後ろで真似しながら踊っていると楽しくなった。

康江は金魚すくいのお店で折りたたみ椅子に座ってスケッチしている。踊りながら、あそこに康江がいるとはわかっていた。休憩時に彼女のところへ行った。

「この盆踊り大会の様子を描きたくなったわ。様々な場面を一枚ずつ描くの。それを絵巻みたいに繋げるのよ」

「うん、いいな、盆踊り絵巻か。面白いよ」

彼女と話していたら、向こう側に関口夫妻を見付けた。私は反射的に、関口さんに浴衣姿を見て欲しいと思った。「ちょっと行ってくる」と康江に告げて急いだ。

「今晩は」と二人に近付いた。

関口さんと腕を組んだまま啓子さんが「今晩は」と返してくれた。関口さんは「おっ」と一言だけ。多分、私の浴衣姿の感想が「おっ」なんだろうなと勝手に想像する。

「二週間お世話になりました。今日初めて浴衣を着ました」

関口さんは何にも言わない。啓子さんが「自分で着られたの?」と聞いたので、「はい」と答えた。「踊ってる?」と啓子さんが目をくりっとして微笑みながら尋ねる。関口さんでなくても私だって可愛い人だなと思う。

「はい。今はちょっと休憩していたところです。お二人は踊らないのですか?」

「彼はね、踊りオンチなのよ、ね」

啓子さんは関口さんの顔を見た。

「矢野さんだったよな」

「はい」

「島って面白いところだろう」

「ええ」

「僕もここに来て改めて海に囲まれた島の魅力をとらえた感じだな。島流しって昔からあるだろう。何か島には引っ込むとか、閉じこもるって閉鎖的なイメージがあるけど、僕は違うな。島は四方八方に開かれている。どこにでも出発できる。どこからでも迎え入れる」

話している関口さんを置いて、啓子さんがすっといなくなった。

「私、初めてこの島に足を着けたとき、何かいつもと違う感覚があるかしらって思って。でも全く何もなくてがっかりしました」

関口さんが楽しそうに笑う。

「君ね、世界の国々は全て地球上の島だよ」

「そうなんです。康江にバカにされました」

「でもいいなあ、そういうの。年を取ると何でも当たり前に受け止めてしまう。驚いたり、不思議に思ったり、不安に感じたりが段々薄まってくるんだよな。そうか。矢野さんはこの島への第一歩を意識したんだ」

「関口さん、本当にありがとうございました。あの岬でお話しできてよかったです」

私は解散式でやったようにちゃんと深く頭を下げた。

両手にピンクの綿菓子を持って啓子さんが戻って来た。

「二週間、ご苦労さま。これはお礼よ。犬飼さんにも一本あげてね」とにっこり笑った。

「ありがとうございます」

関口さんとの最後のお別れは、外国人のように彼が私をギュッと抱き締め、背中をとんとんと優しく叩き、私の未来にエールを送ってもらう。そう想像していた。でなければ握手だけでもする。関口さんの手の感触を自分の手に覚えさせる。もうこれで最後なんだから、二十歳の夏に憧れた人なんだから。けれど現実は私の両手は綿菓子でふさがれてしまっている。どうしようもない。

「お元気で。またお会いできる日を待っています」

そう言ったら関口さんが頷いた。


島から帰り、私は父を別の見方で見るようになった。関口さんの影響だと思う。それまで父を観察し、それで何かを掴もうと試みていた。でももう父の心の中へ入っていくのは止めた。どんな状況になろうと、私が父の子どもであることに変わりない。それだけで、もう父の役割は十分だと思うまで私は大人になった。

「結婚はするんだろうな。女が一人で生きていくのはしんどいぞ。余程覚悟しないとな。人生は長いんだから。夢みたいなことばかり言ってたって始まらないぞ」

父の脅しなんか怖くない。怖いのは自分が操り人形のようになって生きてしまうこと。自分が自分の人生を生きなくて、一体誰が私の一回きりの人生を生きるのだ。

「お父さんは毎日生きていて楽しいの？　お母さんの夫で幸せなの？」

一度ふと思い付いたみたいに父に尋ねてみた。父はちょっと目を大きくし、「ふーん」と驚いた顔で私を見た。

「お前もなかなか言うようになったじゃないか。真の大人はな、毎日楽しくなくたって、きちんとちゃんと生きていくんだ」

それ以上私は父の返事を求めなかった。父の答えは父の生き方を見ればいい。それが父だ。

今年、私は三十歳の夏を迎えた。

島を訪れてから十年が経った。

今、私の両手は夫と三歳の娘と繋がっている。夫とは中学校の美術教師として最初に赴任した学校で知り合い結婚した。彼は数学の教師をしている。スポーツマンでがっちりとした体格、冗談を言い、周囲の人を笑わせることを生きがいにしているような人だ。

いつか関口さんと出会った島をもう一度訪れたいと思っていた。娘も三歳になり、島で遊ぶのを喜ぶだろうという期待もあった。

アートフェスティバルはその後も続いていた。船の始発も昔と同じ七時三十分だった。

この日、船の先頭で夫に抱きかかえられて跳ね返る波に声を上げているのは三歳の娘だった。娘に重なって、波しぶきに見惚れていた康江の背中を思い出す。あれから十年。康江は会社を辞め、フリーデザイナー、そして予備校の美術講師もしながら絵を描き続けている。

島は昔の姿のままだった。

夕方、娘を夫に頼み、貝楼岬へ向かった。

二十歳の夏。私は関口さんと出会った。十年後に来てみたら、関口さんたちは住んでいなかった。島の人に尋ねれば、彼らが島を離れた理由を教えてくれるかもしれない。それも「今日は天気どうだろうね」と言うくらいのあっさりした調子で。でも私は二人のことを聞かなくていいと思った。

関口さんはどこで生きていようと、あの人なら何をしていても、どんな人生を歩いていても、彼にはその選択しかなかったのだ。自分をごまかして、自分をなだめすかして、目の前に何か褒美をぶら下げて、それを摑もうと前へ歩いていく人ではない。

岬の丸太のベンチに座った。

あの日は関口さんがすぐ私の手の届くところに存在していた。今はどこかへ行ってしまった。それなのに彼が身近に感じられるのは何故だろうか。

ベンチを触ってみる。何だか少し軟らくなったように思う。木もこの十年生きてきた。
地平線に沈み切る寸前の太陽が海面を赤く燃やしている。

初出誌一覧

柊　（詩誌『午後』九号　一九八九年）

茜雲　（詩誌『午後』一一号　一九九〇年）

カテドラルの女　（詩誌『午後』一二号　一九九〇年）

あずみ野　（詩誌『午後』一四号　一九九一年）

セ・ラ・ヴィ　（文芸同人誌『海』四八号　一九九三年）

まきわら船　（文芸同人誌『海』七〇号　二〇〇四年）

妹　（文芸同人誌『海』七二号　二〇〇五年）

アヴェ　マリア　（文芸同人誌『海』七三号　二〇〇六年）

額紫陽花　（文芸同人誌『海』七五号　二〇〇七年）

仮定法過去完了　（文芸同人誌『海』七八号　二〇〇八年）

蔓は異なもの　（文芸同人誌『海』八八号　二〇一三年）

旅立つ人へ　（文芸同人誌『海』八九号　二〇一四年）

無限と一本の線　（文芸同人誌『海』九一号　二〇一五年）

きのう。きょう。　（『文芸思潮』六一号　二〇一五年）

貝楼岬　（文芸同人誌『海』一〇〇号　二〇一九年）

初出誌一覧

本書は、右記作品に加筆修正しています。

〈著者紹介〉

白石　美津乃（しらいし　みつの）

千葉県市川市生まれ。

愛知大学文学部・名古屋文化学園保育専門学校卒業。

経営コンサルタント会社、幼児園やホテルなど転職数回。

タウン紙編集記者を 13 年間勤め退職。

学生時代から日本各地を一人旅。'79 年から海外へ。'88 年半年間イギリス、スペインなどに滞在。現在までに旅した国は 23 ヵ国。

文芸同人誌『海』同人。「きのう。きょう。」で第 11 回銀華文学賞奨励賞を受賞。

愛知県名古屋市在住。

著書：エッセイ『赤いイヤリング』（健友館）

きのう。きょう。

定価（本体1400円+税）

乱丁・落丁はお取り替えします。

2021年 2月11日初版第1刷印刷
2021年 2月16日初版第1刷発行
著　者　白石美津乃
発行者　百瀬精一
発行所　鳥影社（www.choeisha.com）
〒160-0023　東京都新宿区西新宿3-5-12トーカン新宿7F
電話　03-5948-6470, FAX 03-5948-6471
〒392-0012　長野県諏訪市四賀229-1（本社・編集室）
電話 0266-53-2903, FAX 0266-58-6771
印刷・製本　モリモト印刷

ISBN978-4-86265-860-9 C0093